Virginie SINGEOT-FABRE

LES CHRONIQUES EXTRAORDINAIRES D'AMEDEE PAN

Un vent de Fronde

Faute de frappe

ISBN : 978-2-9563460-8-1
Dépôt légal janvier 2020

A toi
que j'aime,

A Raphaël et Héloïse,
mes deux plus belles réussites,

A Marc,
qui me permet de noircir une nouvelle page,

Aux lecteurs
fidèles et bienveillants.

Cher lecteur,

Tu trouveras dans cet ouvrage des boutons ON et OFF. Ils permettent de te situer : ON pour mon époque, et OFF pour le saut dans le temps.

Bonne lecture,

Amédée.

PRÉAMBULE

27 avril 2080

Cher lecteur,

Te voici arrivé au seuil d'une histoire qui sans aucun doute bouleversera à jamais ton existence. Ce que j'ai vécu, je le considère comme unique et bien plus extraordinaire que ce que mon imagination aurait pu produire. Ce que j'ai vécu, c'est à toi et à toi seul que je souhaite le transmettre car je pressens que tu es digne de la confiance que je vais t'accorder.

Mais avant de t'en raconter davantage, laisse-moi me présenter à toi en toute transparence.

Je m'appelle Amédée Paniewkoczski et j'approche d'un âge vénérable. Je suis né en France d'un grand-père polonais qui a émigré pour creuser le sous-sol d'une mine de charbon dans le Pas-de-Calais. Mes origines étrangères ont connu une cohabitation difficile avec la langue française de mes camarades de classe. Imaginez un nom impossible à prononcer, des consonnes qui se bousculent dans la bouche lorsqu'on essaie de les sortir et des lettres inusitées que seul un joueur de scrabble aurait appréciées ! Depuis l'enfance, mon entourage a pris l'habitude de me surnommer Amédée PAN, et plus personne aujourd'hui ne se souvient de cette part slave de ma généalogie.

Ma foi, quand j'y repense, ce diminutif m'a toujours convenu, heureux que j'étais de pouvoir être accepté malgré ma différence. Seulement, il faut bien avouer que cette intégration n'était que pure façade : introverti, solitaire et rêveur, je passais le plus clair de mon temps à observer la course des nuages au sommet des terrils et l'imperceptible mouvement du vent sur les brins d'herbe des champs environnants. Pour les autres, j'appartenais à un monde peuplé de chimères impénétrables dont j'étais le seul à détenir les secrets. Même mes parents ne parvenaient pas à communiquer réellement avec moi et y ont d'ailleurs très vite renoncé. Je ne peux pas dire que j'en aie souffert car mon incroyable histoire, que je m'apprête à te révéler, a de loin dépassé toutes les aspirations auxquelles j'aurais voulu prétendre.

Si aujourd'hui cher lecteur, tu choisis de découvrir mon passé, tu seras témoin que ce surnom, *à mes dépens*, était prémonitoire.

Jamais je n'aurais cru être le jouet d'un destin aussi étrange que facétieux. Quant à mon diminutif, *PAN*, il évoque ce petit garçon exilé au Pays Imaginaire, Peter, qui souhaite arrêter la course du temps et ne jamais devenir adulte. Un enfant perdu, voici ce que j'ai toujours songé être au plus profond de mon cœur, à l'abri des querelles des adultes et des conflits de ce bas-monde. Mais PAN, c'est aussi ce dieu de la mythologie grecque, mi-homme, mi-bouc, qui terrifie et fige les humains grâce à son pouvoir, qui sème la *pan*ique autour de lui. Plus jeune, j'aurais aimé que cet incroyable don me soit accordé pour me débarrasser des indésirables. D'ailleurs, si ces derniers avaient connu mon histoire, si j'avais pu la leur raconter sans qu'ils me qualifient d'affabulateur, j'en aurais terrifié plus d'un, crois-moi sur parole ! Hélas je n'aurais pu apporter aucune preuve tangible à mes dires et c'est la raison pour laquelle je me suis tu depuis de nombreuses décennies...

Pour en revenir aux autres, comme je l'ai déjà évoqué, je ne peux pas dire que j'aie souffert de mon isolement car j'en étais moi-même acteur pour une large part. Ma vie était peuplée de rêves et ces rêves alimentaient mon existence.

Cependant, à mon âge avancé, je pressens que mes capacités déclinent peu à peu. Il est temps que je me livre avant d'emporter mes secrets jusque dans l'au-delà. Tu seras la mémoire de mon vécu, si toutefois tu te sens capable d'accepter une telle mission.

Surtout, prends le temps d'y réfléchir quelques instants. Lorsque tu auras pris connaissance de mon histoire, plus jamais tu ne percevras le monde tel que tu l'imaginais. Rien n'est comparable aux expériences que j'ai subies dans ma jeunesse. Mais surtout, rappelle-toi bien que tout ce que tu découvriras au fil des pages répond à la stricte vérité. Cette histoire, c'est la mienne, et toi seul en deviendras le digne héritier.

A présent, si tu persistes et penses que ton esprit est capable d'intégrer ce qui va suivre, si tu acceptes de m'accorder ta confiance sur parole, sans que je t'apporte aucune preuve de ce que j'avance, tu peux tourner la page...

ON

19 octobre 2019

Le récit de mon existence singulière remonte à il y a de cela fort longtemps. En 2019, si ma mémoire ne me fait pas défaut. A l'époque, je venais de fêter mes douze ans et j'arrivais péniblement en classe de cinquième. Par *péniblement*, je ne veux pas insinuer que je n'étais pas assez intelligent pour suivre une scolarité classique. J'appartenais à cette catégorie d'élèves trop étourdis et lunaires pour prétendre à des résultats honorables. Moqué par mes camarades, décrié ou incompris, je n'inspirais que la pitié, le dégoût ou, dans le meilleur des cas, l'indifférence.

Un jour du mois d'octobre, notre professeur principal nous annonça que nous partirions en sortie de classe, la semaine suivante, à Paris. Enthousiasmée, la classe manifesta sa joie pendant de longues minutes qui me déchirèrent les tympans. Je détestais le bruit, à tel point que lorsqu'un camion circulait sur la nationale qui passait devant chez moi, je me réfugiais dans le grenier afin que le vacarme s'étouffe dans l'amoncellement de vieilleries conservées par mes parents. La plupart de mon temps libre, je le passais avec un casque vissé sur les oreilles et je montais le son jusqu'à ce que le monde extérieur ne m'atteigne plus. Paradoxal, me diras-tu, pour quelqu'un qui déteste le bruit ! En effet mais, étrangement, la musique me rassurait et me permettait d'atteindre une plénitude que le monde extérieur ne m'apportait pas. A ce propos, n'imagine pas que je n'écoutais que de la musique classique ! Bien au contraire, j'aimais le rock, la pop et même le rap. Tous ces genres musicaux doivent te paraître désuets aujourd'hui, cependant je t'assure qu'à l'époque, les adolescents en raffolaient !

Mais je m'éloigne de mon histoire. Tu connais mon naturel rêveur qui ne me quitte pas malgré mon âge avancé. Reprenons, veux-tu ? Tu devineras aisément que le seul qui n'était pas extatique à l'idée de cette sortie, c'était moi. Passer une journée complète avec des énergumènes enragés qui ne me supportaient pas, dans le brouhaha des embouteillages parisiens, sans compter la pollution et les trottinettes électriques – un ancêtre de ce que les jeunes utilisent aujourd'hui – qui occupaient la quasi-totalité des trottoirs et louvoyaient de tous côtés, non merci !

Lorsque je rentrai chez moi ce soir-là, j'étais fermement décidé à ne pas endurer cette journée qui ressemblerait davantage à un sacrifice qu'à un moment récréatif. Mais c'était sans compter sur mes parents qui parurent absolument ravis que ma vie se dynamise et que je me sociabilise l'espace d'une journée. Ils signèrent le talon-réponse et me donnèrent un chèque – un bout de papier qui à l'époque servait de monnaie d'échange – pour régler le voyage. A moins d'une infection de dernière minute, force était de constater qu'il ne me restait pas beaucoup d'échappatoires...

Le jour J, je me retrouvai devant le bus, un sac rempli de victuailles de qualité médiocre sur le dos et une paire d'écouteurs sur les oreilles. J'avais tenté vainement de marcher sous la pluie et de prendre quelques douches glacées, mais le sort s'acharnait contre moi car j'étais resté en pleine forme. Distrait, je n'écoutai pas les recommandations de notre professeur et partis m'installer à l'avant de l'autocar, là où mes camarades, à la vue des accompagnateurs, ne se risqueraient pas à m'ennuyer. Pendant ce temps, la plupart des autres se battaient pour occuper les sièges du fond, lieu stratégique où les caïds asseyaient leur domination.

Arrivés à Paris, nous effectuâmes un tour des incontournables : Montmartre et ses peintres, le Sacré-Cœur, l'Arc de Triomphe, les Champs-Elysées, le Louvre... Nous nous arrêtâmes un instant devant la cathédrale Notre-Dame de Paris qui venait de subir un violent incendie. Les flammes avaient ravagé la flèche, construite par Viollet-le-Duc, et le toit. Seuls les murs avaient échappé de justesse à l'effondrement. Tout cela doit te sembler de l'histoire ancienne car les dégâts ont été réparés depuis belle lurette, après une très longue bataille entre les partisans de la modernité et les conservateurs du patrimoine. D'ailleurs, inutile de te rappeler qui a gagné !

Je me rends compte aujourd'hui que nous eûmes également la chance d'apercevoir une dernière fois la Tour Eiffel avant qu'elle ne soit complètement démantelée quelques années plus tard. Les ingénieurs avaient prédit qu'elle représentait un péril imminent et risquait de s'écrouler sur les milliers de touristes qui la visitaient chaque jour. Echaudé par l'histoire de Notre-Dame, l'Etat n'avait pas pris le risque de la conserver, au grand dam des Français qui multiplièrent les pétitions pour le maintien de la dame de fer. Même les médias étrangers s'étaient ralliés à notre cause, sans succès. Ce fut une sombre période pour notre patrimoine...

– Amédée ! Amédéééééée ! Il faut descendre du bus.

– Oh, le paumé !

Et voilà. Encore perdu dans mes pensées à te narrer mon histoire, j'en oublie le fil des événements. Tu viens de faire la connaissance de mon enseignante de français, madame Delatour, et d'un de mes *charmants* camarades de classe, Victor. Tu auras l'occasion de les recroiser un peu plus tard, j'y reviendrai d'ici quelques minutes. Ah oui, inutile de te préciser que mon prénom démodé, lointain héritage d'un trisaïeul, provoquait également les quolibets d'autrui...

Bon, reprenons.

Le bus venait juste de s'arrêter devant un bâtiment que je ne reconnus pas de suite. En descendant, bon dernier, les deux marches du véhicule, je sentis une foule de regards moqueurs braqués sur moi, et quelques-uns un peu plus compatissants. Je décidai de les ignorer et me concentrai sur la musique qui adoucissait quelque peu mes oreilles face au vacarme citadin.

Le répit ne fut que de courte durée puisque Madame Delatour m'intima l'ordre de les ranger pour commencer la visite guidée, ce à quoi je me résignai sans broncher.

Devant nous se présenta un imposant édifice blanc. Je crus dans un premier temps qu'il s'agissait de l'église de la Madeleine à cause de ses colonnes qui me rappelaient les temples grecs et romains. Manifestement, je me trompais et compris grâce au guide qui venait de nous rejoindre que nous allions visiter le Panthéon. Effectivement, un énorme dôme à colonnades surplombait cette avancée. Sous le fronton, c'est-à-dire l'espèce de triangle qui surmontait les colonnes, était inscrite la devise *Aux grands hommes la patrie reconnaissante*. Tout un programme !

– Ce monument a été construit pour abriter le corps de Sainte Geneviève. Mais après la Révolution de 1789, cet édifice religieux a servi à montrer la reconnaissance de l'Etat aux grands hommes qui ont marqué l'histoire du pays. Leurs corps ont été déposés ici dans des cryptes.

C'est à ce moment-là que je commençai à décrocher des paroles de notre hôte. Je me souviens l'avoir vaguement entendu citer des noms comme Voltaire, Rousseau ou encore Victor Hugo... Des auteurs qui appartenaient au Paléolithique pour moi ! Mon cerveau ne souffrit pas de recevoir autant d'informations d'un coup et vogua très vite vers d'autres mondes. Je suivis machinalement le groupe à l'intérieur du bâtiment.

– Tu sais, Amédée, me coupa madame Delatour, certaines personnes enterrées ici appartiennent à notre époque.

Une chose était certaine, elle lisait dans mes pensées ! Elle poursuivit :

– As-tu déjà entendu parler de Simone Veil ?

– Vaguement.

– Eh bien, elle est entrée au Panthéon l'année dernière, juste après son décès. Tu aurais même pu la rencontrer de son vivant.

Madame Delatour avait le don pour me raccrocher à la réalité, même si cela ne durait en général qu'un court instant.

Au moment où nous entrâmes dans le cœur de l'édifice, le gigantesque dôme me fit vaciller un peu. L'ivresse m'envahit davantage lorsque j'aperçus devant moi un objet extraordinaire. Je m'éloignai discrètement du groupe et m'approchai de cette curiosité qui m'éblouissait et me figeait tout à la fois. Un long ruban circulaire était gradué des nombres un à vingt-quatre, eux-mêmes subdivisés en quatre segments réguliers. Au centre, une espèce de table blanche octogonale était recouverte sur les trois-quarts de sa surface de rayons représentant les mêmes nombres.

Enfin, une boule dorée, suspendue à un filin noir accroché en haut du dôme, oscillait de gauche à droite dans un mouvement régulier et incessant. C'était absolument unique !

– Nous voici devant le pendule de Foucault, intervint le guide qui, à ma grande déception, m'avait rejoint, suivi de la horde de collégiens. Il a été créé en 1851 et sert à mettre en évidence la rotation de la Terre. Regardez cette grosse boule dorée. Que fait-elle ?

– Elle bouge dans tous les sens ? hasarda une élève.

– Eh bien, non... La boule que vous voyez garde toujours la même trajectoire.

Ces mots m'extirpèrent de ma rêverie. Comment pouvait-elle garder la même trajectoire, alors qu'elle se dirigeait toujours vers un nombre différent ?

– C'est la Terre qui bouge, c'est elle qui tourne sur elle-même, pas la boule. Lorsque vous la voyez se diriger ailleurs, c'est que notre planète a tourné.

Je restai éberlué.

J'avais devant moi la preuve que la Terre tournait. Je te rassure, cher lecteur, je l'avais appris à l'école primaire, et je n'étais pas né au Moyen Age. Mais le voir de mes propres yeux me provoqua le tournis.

Visiblement, ma classe ne semblait pas aussi passionnée puisque le groupe tourna très vite les talons afin de poursuivre la visite. De mon côté, je restai hypnotisé par la course incessante de cette boule dorée. Je m'approchai le plus près possible du mécanisme, lorsque je sentis une poussée violente dans mon dos. Le fameux Victor, amusé à l'idée de me jouer un mauvais tour, venait de me précipiter vers le centre du pendule. Aussitôt, je perdis l'équilibre et avançai en titubant vers la boule qui me percuta de plein fouet.

C'est alors que ma vie tranquille bascula...

OFF

1.

19 octobre, suite...

Lorsque je m'éveillai, sonné par cette expérience dont je me serais volontiers passé, la nuit était tombée. Etais-je devenu à ce point transparent que mes camarades avaient oublié ma présence en ce lieu ? Je me frottai les yeux. Une faible lueur éclairait au loin, tandis que j'entendais des bruits étouffés autour de moi. Machinalement, je voulus sortir mes écouteurs pour me rassurer, mais je ne les trouvai pas. Mon sac à dos aussi avait disparu. Pris de panique, je commençai à hurler, quand une main ferme vint se poser sur ma bouche pour me signifier de me taire. Mon pouls s'accéléra et un frisson me parcourut l'échine.

– Tais-toi, tu vas nous faire repérer !

– Mais, je...

– Tais-toi ! Plus un mot !

De toute évidence, j'avais été kidnappé et mes ravisseurs tentaient de me réduire au silence. Ils voulaient sans doute pouvoir négocier une rançon auprès de l'école ou de mes parents. J'aurais voulu leur dire que personne ne s'intéresserait à moi et qu'ils perdaient leur temps mais je craignais un retour de bâton car ils ne semblaient pas commodes.

Soudain, une liasse de papiers vola jusqu'à moi et atterrit violemment sur mon ventre.

– Allez ! Dépêche-toi ! Nous n'avons pas toute la nuit devant nous !

– Me dépêcher ? Mais à quoi ?

– Oh, arrête de faire le pitre et viens nous aider.

Je distinguais enfin mon interlocuteur : environ un mètre quarante de haut, une épaisse tignasse rousse frisée et mal peignée, deux billes noires qui me dévisageaient et des taches de rousseur un peu cachées par ses boucles. Elle ne devait pas dépasser la douzaine d'années. Au milieu de la nuit qui nous enveloppait de ses bras sombres, je remarquai que ses vêtements ressemblaient davantage aux haillons de Cendrillon qu'à des modèles à la pointe de la mode.

– T'es nouveau ici ? chuchota-t-elle.

– Ici ? Mais où sommes-nous ?

– Tu as de l'humour en plus ! J'aime ça ! Allez, viens ! Nous devons terminer le travail avant que le jour se lève.

Obéissant et, j'avoue, un peu subjugué par la demoiselle au caractère bien trempé, je me levai d'un bond et la suivis. Pour la première fois de ma vie, je sentais que j'allais tenir un rôle important et je ne m'inquiétais plus pour mon groupe, ni même pour mes parents. J'ignorais où je me trouvais, et pourtant je n'en éprouvais aucune crainte, comme si le garçon introverti était sorti par magie de sa coquille.

Seuls mes vêtements me gênaient. Trop petits, inconfortables, je ressentais à chaque pas une gêne au niveau des épaules et des cuisses. Peut-être avais-je grandi durant mon évanouissement. Alors que je tentai de me gratter pour ôter les démangeaisons, le tissu de ma chemise m'apparut bien plus rêche qu'à l'habitude. Je relevai un bras vers mon visage et m'aperçus que quelqu'un avait changé ma tenue. Rouge de confusion, je hélai la charmante rouquine :

– Excuse-moi, euh...

– Oui ?

– Tu as touché à mes vêtements ?

– Pardon ? Tu me prends pour une voleuse ?

– Non, pas du tout, mais...

– Mais quoi ? Parce que je suis pauvre, tu penses que je vais voler les autres ?

– Non, pas du tout. Je me demandais juste...

– Eh bien, à l'avenir, ne te demande plus rien. Tu vas devenir vexant ! Et puis, quel intérêt aurais-je à voler aussi pauvre que moi ?

Pauvre ? Certes, ma famille ne roulait pas sur l'or, mais je n'avais jamais manqué de rien et je vivais dans un confort acceptable. Que m'était-il donc arrivé ? J'avais récupéré une chemise et un pantalon en gros tissu râpeux, rapiécé à plusieurs endroits. Je décidai de ne plus vexer la demoiselle et de me concentrer sur la liasse de papiers qu'elle m'avait envoyée avec tant de *douceur*.

Autour de moi, de nombreuses personnes s'affairaient à la lueur de quelques flambeaux.

Lorsque mes yeux s'habituèrent aux papiers que je tenais fermement, je découvris une espèce de texte qui me tritura les neurones tant la calligraphie était complexe. Avec bien des efforts, je finis par déchiffrer un genre de poème qui me laissa pantois :

Il est de Sicile natif.
Il est tousjours prompt à mal faire.
Il est fourbe au superlatif.
Il est de Sicile natif
MDCLII

En tout état de cause, l'auteur de ces quelques mots ne maniait pas à la perfection la langue française ! Même le plus mauvais élève de ma classe n'aurait pas écrit « *tousjours* » de cette façon. Je me retins d'en toucher un mot à ma camarade d'un soir. Pour le peu qu'elle fût à l'origine de ce texte, je passerais assurément un mauvais moment.

J'essayai plutôt de résumer les dernières heures : notre arrivée au Panthéon, la visite, la chute, l'évanouissement, le réveil auprès d'une jeune fille qui me demandait de porter un tas de papiers auxquels je ne comprenais strictement rien. Voilà qui paraissait limpide, non ?

Je feuilletai le tas qu'elle m'avait donné et me rendis compte que toutes les pages étaient identiques. Je n'eus pas le temps de l'interroger qu'elle m'invectiva à nouveau :

– Allez ! Dépêche-toi ! Va coller ces feuilles !

– Les coller ? Mais où ? Et avec quel matériel ?

– Prends le seau, sur ta gauche. C'est de la colle. Il faut que la ville soit recouverte de ces textes.

– Mais... où sommes-nous ?

– Tu n'es vraiment pas en forme, on dirait. Où veux-tu que nous soyons ? A Paris, pardi !

Nous n'avions donc pas quitté Paris... J'étais légèrement plus rassuré de me savoir dans le lieu que j'avais laissé avant mon évanouissement.

Pourtant, lorsque j'observai les alentours, je ne reconnus pas la capitale que nous avions explorée en autocar ce matin-là.

– Dans quel quartier sommes-nous ?

– Près du Palais Royal.

– Ça fait une trotte depuis le Panthéon !

– Le quoi ?

– Le Panthéon... Sur la place des Grands Hommes.

– Oh, tu sais, je ne m'y connais pas très bien en géographie.

Je n'étais pas plus avancé. Néanmoins, je la suivis et commençai à encoller les tracts. La jeune fille m'indiqua à quel endroit je devais les afficher. Je m'exécutai et y mis toute l'ardeur nécessaire pour ne pas lui déplaire.

Pendant plus d'une heure, nous nous affairâmes, jusqu'à ce que notre tas s'épuise. Satisfaite, elle admira notre travail : tout le quartier était placardé de dizaines de papiers identiques. Je me serais cru dans un vieux western qui repassait parfois à la télévision, lorsque la tête des méchants se retrouvait affichée avec l'inscription « *Wanted* ».

– Beau travail ! me félicita la demoiselle. Tu n'es pas si mauvais que tu en as l'air.

Je pris cela pour un compliment.

– Au fait, je m'appelle Elise.

– Et moi, Amédée.

– C'est original !

– Et parfois difficile à porter, me rembrunis-je. Bon, qu'est-ce qu'on fait, maintenant ?

– On va dormir ! Où habites-tu ?

– J'avoue que je me suis un peu perdu, dis-je.

– Eh bien, veux-tu venir chez moi ? Nous avons toujours de la place pour un ami de passage.

– Merci, mais mes parents vont s'inquiéter. Je voudrais d'abord leur téléphoner et les rassurer.

– Leur quoi ?

Décidément, Elise ne semblait pas très encline à m'aider à retrouver ma famille. Je suivis ses pas jusque chez elle, empruntant des chemins tortueux, caillouteux, dépourvus d'éclairage. Lorsque nous arrivâmes devant sa demeure, je restai stupéfait par son aspect. Les murs manquaient de régularité et l'ossature de bois remplie d'une espèce de plâtre semblait fragile. Haute et très étroite, d'après ce que je distinguais, elle pointait vers les cieux nocturnes, sous un rayon de lune.

– On se croirait au Moyen Age ! m'étonnai-je.

– T'es bête ! Le Moyen Age est terminé depuis belle lurette !

Quand nous pénétrâmes dans le logis, nous traversâmes un long couloir qui débouchait sur une petite pièce faiblement éclairée par une lampe à huile. J'inspectai rapidement les lieux : l'intérieur semblait encore plus vieillot et modeste que l'extérieur. Une pièce de vie et une petite cuisine se partageaient le rez-de-chaussée. Enfin, *cuisine* n'était pas le terme approprié. Un seau d'eau, un baquet, une table, un feu et deux casseroles en cuivre remplissaient les lieux.

Je fus accueilli à bras ouverts par mes hôtes. Ils me servirent un frugal repas composé d'une espèce de bouillon de légumes et d'un peu de pain rassis. Nous mangeâmes silencieusement et, fort heureusement, personne ne me pria de décliner mon identité. Puis, nous gagnâmes l'étage pour la nuit. Sur mon chemin, aucune trace de téléphone. Mes parents devaient être pétris d'inquiétude ! Pourtant, je ressentais comme une sérénité que jamais je n'avais éprouvée auparavant.

L'étage était composé de deux chambres, ou plutôt deux petites pièces recouvertes de paillasses. Elise me présenta l'espace qui me servirait de lit et se nettoya le visage dans une petite bassine d'eau plus ou moins limpide. Je l'imitai, ôtai enfin la chemise qui me démangeait puis me couchai. Avant de m'endormir, je voulus questionner un peu mon hôte, mais sa respiration lente m'indiqua qu'elle s'était déjà endormie.

*

Le lendemain matin, je fus réveillé par la douceur automnale. Lorsque j'ouvris les yeux, Elise me regardait, amusée. Je me sentais important, pour la première fois de ma vie. Je n'avais pas remarqué la veille à quel point ses yeux pétillaient. L'aube colorait ses boucles d'extraordinaires reflets cuivrés, tandis que sa chevelure virevoltait au gré de ses mouvements.

– Tu as bien dormi ? demanda-t-elle enfin.

– Comme un bébé.

– Le confort est celui qu'on se crée. Viens, mes parents nous attendent pour manger.

Au bas de l'escalier, la mère d'Elise m'invita à m'asseoir et me servit un peu de pain et une tranche de lard.

– C'est un repas de fête pour un invité spécial, plaisanta Elise.

– Je n'ai jamais été spécial pour quelqu'un, renchéris-je.

– Eh bien, pour moi, désormais, tu le seras.

Je profitai de ce moment convivial pour l'interroger sur son action de la veille au soir :

– Pourquoi collais-tu ces affiches, hier ?

– Merci d'avoir pris des risques pour elle, me remercia son père en guise de réponse.

– Des risques ?

– Nous aurions pu être emmenés et emprisonnés par la garde royale. Tu as été exceptionnel.

– Tu parles de la police du Palais Royal ?

– Si tu veux... Mais d'où viens-tu ? Tu sembles complètement perdu.

– A vrai dire, je ne comprends pas vraiment ce qui m'arrive. Je visitais le Panthéon avec ma classe quand je me suis évanoui et réveillé dans la rue hier soir.

– Je ne comprends rien à ce que tu racontes, bouda Elise.

Je ne prêtai pas attention à ses dernières paroles et restai concentré sur les miennes :

– Tu ne m'as pas répondu. Pourquoi avons-nous collé ces affiches ?

– Pour nous moquer de Mazarin, pardi !

– Mazarin ?

– Oui, le cardinal.

– Mais... Mazarin est mort depuis des siècles !

Ils me regardèrent médusés.

– En quelle année sommes-nous ? hurlai-je.

– Es-tu malade ? s'inquiéta sa maman.

– En quelle année ? S'il vous plaît ?

– Mais en 1652, voyons !

Terrassé par la nouvelle, je m'évanouis de nouveau.

2.

20 octobre 1652

Quelques instants plus tard, et je me réveillai au même endroit. Les pièces du puzzle se rassemblèrent dans mon esprit : mes guenilles, l'absence de téléphone, la maison aux airs médiévaux, la lampe à huile, les rues tortueuses et plongées dans l'obscurité, les paillasses... Ou quelqu'un cherchait à me jouer un mauvais tour, ou j'avais traversé les époques. Mon intuition me soufflait que je ne rêvais pas : j'avais bel et bien atterri au dix-septième siècle ! Mais comment avais-je pu me retrouver là ? Par quel truchement obscur ?

Je revisionnai le film des dernières heures. De toute évidence, j'étais tombé dans une faille temporelle au moment de l'impact contre le pendule de Foucault puisque tout avait basculé à cet instant précis. A tout hasard, je demandai :

– Vous connaissez le pendule de Foucault ?

– Non, me répondit le père d'Elise. De quoi s'agit-il ?

– D'une boule qui prouve que la Terre tourne sur elle-même.

– La Terre tourne sur elle-même ? s'affolèrent Elise et sa mère.

– Mais... tout le monde sait ça, non ?

A ces mots, son père, qui jusque-là s'était montré placide, s'énerva d'un coup :

– Déjà que certains pensent qu'elle tourne autour du soleil ! Et maintenant voilà qu'elle tourne sur elle-même ! Mais enfin, si c'était le cas, nous ne tiendrions pas en place ! Nous tomberions tout le temps !

– C'est... à cause de l'attraction terrestre, je crois... bégayai-je.

– L'attraction terrestre ?

– Une sorte de gros aimant qui nous attire vers le sol...

– Balivernes ! On essaie de nous retourner la tête avec toutes ces sornettes !

Je sentis que cette dernière réplique ne souffrait aucune surenchère. En plus, je n'étais même pas certain que les aimants existaient déjà à cette époque. Je devinai qu'il était impossible de remettre en cause, qui plus est à brûle-pourpoint, des croyances ancrées depuis des millénaires.

Je choisis donc de me taire.

Cela ne m'indiquait pas comment je m'étais retrouvé là, ni surtout comment je pourrais m'en sortir. En temps habituel, j'aurais paniqué, mais l'idée même de jouer un rôle dans l'Histoire ne me déplaisait pas, au fond. Je décidai de ne plus aborder le sujet pour le moment.

Bientôt, Elise m'entraîna hors de la maison pour admirer notre travail de la veille au soir. Lorsque nous sortîmes, une odeur pestilentielle que je n'avais pas encore remarquée, absorbé sans doute par la situation, s'abattit sur mes narines. Je réfrénai un haut-le-cœur que ma comparse devina tout de même.

– Belle odeur, n'est-ce pas ? s'amusa-t-elle.

– C'est infect, tu veux dire !

– Oui, et c'est de pire en pire. D'ordinaire, ce n'est déjà pas très agréable, mais avec les affrontements, plus personne ne songe à nettoyer les routes.

– Les affrontements ? Vous êtes en guerre ?

– Vraiment, j'ai l'impression que tu débarques ! Cela fait quatre ans que les hostilités contre Mazarin ont été déclarées. Tu n'as pas lu les affiches ?

– Justement, de quoi s'agissait-il ?

– D'une mazarinade. Ce sont des écrits contre le cardinal que nous placardons un peu partout.

– C'est toi qui l'as écrite ?

– Ha ha ha ! Les gens du peuple ne savent ni lire ni écrire mon cher ! Enfin si, moi un peu, mais de là à inventer des poèmes...

Je m'étais fait la réflexion qu'Elise utilisait un vocabulaire plutôt recherché pour quelqu'un qui appartenait au tiers-état. En plus, elle semblait maîtriser la lecture. Je ne poussai pas plus loin ma curiosité et restai concentré sur le premier sujet :

– Qui est Mazarin, au juste ? Et que vous a-t-il fait ?

– Mazarin ? Mais c'est notre pire ennemi ! Le protégé d'Anne d'Autriche depuis que son mari, le roi Louis XIII, est mort il y a presque dix ans.

– *Protégé* ? C'est-à-dire ?

– Si tu préfères, c'est lui qui dirige la France. Depuis qu'il est au pouvoir, il a augmenté les impôts et nous a enlevé nos maigres droits. Il a récupéré tous les pouvoirs. Même les parlementaires se sont opposés à lui. Ce sont eux qui ont mis le feu aux poudres.

– Je ne comprends pas. Louis XIII n'avait pas de successeur ?

– Si, le jeune Louis, mais il n'est pas encore mûr pour gouverner. On a bien essayé de nous enfumer l'année passée, en proclamant sa majorité. Mais que veux-tu qu'un enfant de treize ans dirige ? Nous avons quasiment le même âge !

– Et donc, qu'est-ce que vous attendez ?

– La démission de Mazarin et une régence un peu plus... bienveillante.

– C'est ambitieux !

– Nous avons pour cela le soutien de la bourgeoisie et de certains nobles qui ont lancé la deuxième phase de la Fronde.

– La Fronde ?

– La révolution que nous menons !

Je révisai rapidement mes cours d'histoire. De mémoire, la Révolution, c'était en 1789, avec les sans-culottes et la Bastille, soit près d'un siècle et demi plus tard. J'ignorais tout de celle que je vivais en réalité plus qu'augmentée.

– Avez-vous un chef pour vous guider ?

– Oh ! Tu m'énerves avec tes questions ! Allez, suis-moi plutôt.

J'obtempérai et conservai ces informations dans un coin de ma tête. Autour de nous, les rues étaient jonchées de détritus en tout genre : épluchures, fétus de paille, planches de bois, vieux tissus, pavés... Nous avançâmes jusqu'au quartier du Palais Royal, à l'endroit où j'avais débarqué la veille. Les poèmes étaient toujours collés sur les murs, les façades des maisons, les arbres, les poteaux et même sur... un gibet. Je fus aussitôt saisi, ce qu'Elise ne tarda pas à remarquer :

– C'est l'idée de la pendaison qui te rend tout pâle ?

– Un gibet, c'est plutôt dissuasif, non ?

On n'apercevait que cet engin létal sur la place, car il occupait une grande partie de l'espace. Il était composé d'une estrade en bois où l'on installait le condamné à mort, sur laquelle était enfoncé un poteau surmonté d'une corde à nœud coulant. Un frisson me parcourut le dos !

Apercevant mon trouble, la jeune fille répondit à ma question silencieuse :

– Tu sais, que tu te rebelles ou non, tu risques d'y passer. Alors, autant agir, non ?

– Si tu le dis... Et, vous n'avez pas de guillotine ?

– De guillo-quoi ?

Décidément, je n'étais pas familier des dates. Je me rappelai alors que cette grosse lame qui tranchait les têtes avait été inventée pendant l'autre révolution. Je me rattrapai tant bien que mal :

– Rien, un objet que j'ai aperçu en voyage.

– Tu sembles pourtant trop pauvre pour voyager !

Cette fois, je me retins de répondre, tout simplement car je n'aurais pas su quel mensonge lui servir.

Sur la place, le peuple s'affairait, faisant fi des tracts placardés qui les entouraient. Des charretiers transportaient un tas de choses hétéroclites, des marchands vendaient fruits et légumes dans des petites boutiques de fortune bringuebalantes, un cordonnier cousait des semelles et quelques femmes battaient leur linge au lavoir. Enfin, un coutelier aiguisait ses lames le long de la route.

J'avais l'impression de jouer dans un film d'époque, en costumes. Une espèce de second rôle qui permettait de recréer une ambiance du passé. Pourtant, ce que je vivais était bien réel. D'ailleurs, en parlant de costume, mes vêtements me démangeaient toujours autant !

Nous errâmes dans les rues pendant une bonne heure, du moins c'est ce que j'imaginais étant donné que ma montre avait disparu avec tous mes effets personnels. Lorsque nous retournâmes vers son logis, les cloches de l'église voisine sonnaient dix coups, preuve que le temps au dix-septième siècle me paraissait bien plus court qu'au vingt-et-unième !

Arrivés devant la maison, nous aperçûmes la porte légèrement entrouverte.

Nullement inquiète, Elise passa devant moi et pénétra dans le couloir. Je lui emboîtai le pas et me heurtai à son corps qui venait de se figer. La pièce de vie avait été visitée et complètement retournée en l'absence de ses parents !

3.

Tout était sens dessus dessous.

La table, les chaises, les objets, la vaisselle, plus rien n'occupait sa place initiale. Terrifiés par la situation, nous gardâmes le silence, jusqu'à ce qu'Elise se décide à le briser :

– Comment ont-ils pu ? C'est indigne !

– Ce sont des voleurs ?

– De la pire espèce, oui !

– Mais il n'y a rien à voler chez tes parents...

– Je ne te parle pas de ce type de brigands.

Sans m'en dire davantage, elle grimpa quatre à quatre les marches de l'escalier et constata que les chambres avaient subi les mêmes dommages. Les paillasses étaient éventrées, les bassines renversées, les vêtements arrachés. Plus rien de décent ne subsistait en ces lieux. La demoiselle redescendit et s'écroula sur la dernière marche, en larmes. J'attendis qu'elle se remette un peu de ses émotions avant d'intervenir :

– De qui parles-tu ? Qui a pu vous faire ça ?

– C'est un message de la garde royale. Regarde ce que j'ai retrouvé à terre.

Joignant le geste à la parole, elle me montra un morceau de papier bleu sur lequel étaient imprimés deux bâtons de bois où nous pouvions lire l'inscription « *Erit haec quoque cognita monstris* ».

Je restai hébété devant ces mots que je ne comprenais pas.

– Les bâtons d'ébène à pomme d'ivoire symbolisent les Gardes-du-corps-du-roy.

– Et la phrase ? C'est du latin ?

– Oui. Je n'y entends pas grand-chose, mais je crois qu'elle signifie qu'on peut les reconnaître à leurs actions d'éclat.

– Tu parles d'une action d'éclat ! Retourner une maison en l'absence des occupants, c'est lâche.

– Chacun interprète ces mots comme il l'entend... Ils se baladent à cheval et se pavanent dans leurs uniformes royaux, jouissant du privilège de leur statut. Ils sont intouchables.

– Mais pourquoi ont-ils retourné la maison ?

– Sans doute parce qu'ils ont appris que nous étions des frondeurs. La force est encore le meilleur moyen de dissuasion lorsqu'on n'utilise pas son cerveau. Prenons ceci comme un avertissement...

Toute cette histoire ne me disait rien qui vaille et je me sentais de plus en plus inquiet face à la tournure des événements. Moi qui avais toujours vécu dans un monde aseptisé, détaché de tout, rêveur, j'étais plongé dans des événements multiples et dangereux.

Nous attendîmes plus d'une heure le retour des parents d'Elise, tandis que nous tâchions de redonner un brin d'humanité à ce décor d'apocalypse. Je ramassai les bris de verre et de vaisselle quand j'entendis la jeune fille hurler à l'étage. Je me précipitai et la trouvai à terre, prostrée.

– Que se passe-t-il ? parvins-je tout juste à prononcer.

– Mes parents...

Ce furent les deux seuls mots prononcés au milieu de longs sanglots. Ses yeux débordants de larmes étaient rougis par l'émotion. D'un doigt tremblant, elle me montra un morceau jaunâtre pendu à une chaînette. Il était accroché à la porte béante de ce qui avait été, avant l'invasion, une armoire. Je m'approchai et distinguai un petit médaillon doré sur lequel était gravé, de profil, le portrait d'un homme. J'eus à peine le temps d'apercevoir un nez busqué, de longs cheveux et une couronne de lauriers qu'Elise m'arracha vivement l'objet des mains. Surpris par la vivacité de son geste, je gardai le bras en l'air.

– Pardonne-moi, s'excusa ma camarade.

– Qu'y a-t-il ?

– Cette médaille, c'est celle de ma mère !

– Elle a pu l'oublier ce matin, tentai-je de la rassurer.

– Elle ne l'enlève jamais ! Jamais, elle ne serait sortie sans la porter autour du cou.

– Tu en es sûre ?

– Absolument certaine !

Dans ces circonstances, j'évitai de lui faire part de mes interrogations. Qui était donc représenté sur ce portrait ? Même si je ne l'avais regardé qu'un dixième de seconde, il était impossible que l'homme fût le père d'Elise. Ou alors le graveur possédait un bien piètre talent ! Peut-être s'agissait-il de son grand-père...

Tout cela manquait de cohérence.

Pragmatique, Elise me sortit de ma rêverie :

– Mes parents ont été enlevés !

– Mais pourquoi ?

– Pour la raison que je t'ai déjà donnée : notre appartenance à la Fronde.

– Mais, dans ce cas, ils devraient enlever tout le monde.

– Qui te dit que ce n'est pas déjà fait ?

Une chose était sûre, elle ne manquait pas de repartie ni d'humour, même involontaire. J'aurais pu invoquer mille raisons pour la contredire, mais je décidai de suivre son intuition. Seulement, à supposer qu'elle dise vrai, je ne voyais pas comment nous y prendre.

– Nous allons les libérer ! s'enquit-elle.

– Encore faut-il savoir où ils se trouvent...

– Et où penses-tu qu'on mette les prisonniers, à part en prison ?

– D'accord, c'est logique. Mais où aller ?

– Enfin ! Tout le monde à Paris connaît les prisons ! Je me demande vraiment d'où tu sors...

Je sortais du vingt-et-unième siècle et du Panthéon, mais cela, je me gardai bien de le lui avouer. Les idées d'Elise commençaient vraiment à m'effrayer. Je m'imaginais déjà aller frapper à la porte de la prison, décliner mon identité et demander gentiment qu'on me laisse entrer. Une fois à l'intérieur, je demanderais qu'on me prête les clés de la cellule pour délivrer en toute quiétude deux personnes enlevées ce matin-là. Un jeu d'enfant, n'est-ce pas ? Les événements tournaient de plus en plus mal et j'ignorais qui pourrait me ramener dans mon époque.

Sans plus de tergiversations, la demoiselle m'entraîna hors de la maison, la médaille de sa mère fermement pressée dans sa paume délicate.

Sur la route, je repensai à la prison et reçus comme une révélation :

– Tes parents sont enfermés à la Bastille ?

Heureux de mon effet, je remerciai mon professeur d'histoire pour ces bribes d'informations qui remontaient peu à peu. Enfin, mon panache se flétrit aussi rapidement qu'il avait grandi :

– Bastille ? Tu nous prends pour des nobles ?

– Des nobles ? Non, pourquoi ?

– C'est la prison des riches ! D'ailleurs, je me demande bien pourquoi on l'appelle encore « prison », si c'est pour vivre dans un confort dix fois supérieur à celui du peuple !

– Vraiment ?

– Tu y arrives en voiture à chevaux, tu peux te meubler comme bon te semble et tu dégustes des repas d'une finesse incroyable. Il paraît même que tu peux te payer un domestique.

J'en restai bouche bée. Moi qui avais toujours imaginé la Bastille comme un bâtiment répugnant et moribond, je voyais tous ces clichés fondre sous mes yeux. Ainsi, des prisonniers de haute condition y vivaient comme des pachas, ou presque, puisque, tout de même, ils n'avaient pas le droit d'en sortir jusqu'à ce qu'ils aient purgé leur peine.

– Allez ! Dépêche-toi !

Elise me sortit de mon trouble et nous marchâmes une bonne vingtaine de minutes dans des rues toutes plus encombrées les unes que les autres. Nous repassâmes près du Palais Royal, puis nous dirigeâmes vers le Louvre qui n'était encore qu'un palais bien gardé. Inutile d'y chercher la fameuse pyramide, elle n'apparaitrait que trois siècles plus tard.

– C'est ici qu'habite le roi ? demandai-je en chemin à ma nouvelle connaissance.

– Non, il logeait jusqu'à peu au Palais Royal. Mais j'ai entendu dire qu'il allait s'installer ici dans quelques jours. Mazarin aurait envisagé d'y refaire les appartements à son goût. Il ne manque pas de culot ! Encore faudrait-il qu'on le laisse rentrer à Paris. Mais dis donc, tu sembles plus informé que je ne le pensais.

– Je me posais simplement la question. Et où est le roi en ce moment ?

– Sur les routes de France, exilé par les frondeurs ! Il résiderait paraît-il au Palais de Saint Germain.

– Toi aussi, tu sembles bien informée...

– Le réseau des frondeurs est une mine de renseignements, mon cher ! plaisanta-t-elle.

– Et le bâtiment de l'autre côté de la rue, qu'est-ce que c'est ?

– C'est le palais du Petit-Bourbon, enfin ce qu'il en reste puisqu'une grande partie a été détruite. Aujourd'hui, c'est une salle de théâtre où l'on fait jouer des spectacles royaux.

– Et Molière ? hasardai-je. Il joue aussi ici ?

– Molière ? Son nom me dit quelque chose. Il me semble avoir entendu qu'il jouait en province. C'est un petit comédien tu sais, il n'a pas l'étoffe de monter à Paris.

Elle ignorait que son *petit comédien* allait donner son nom à notre langue française, la langue de Molière comme ma grand-mère aimait à me répéter !

– Si tu cherches à te divertir, Amédée, tu n'es pas tombé à la bonne époque. La plupart des troupes sont parties en province ou aux Pays-Bas pour fuir la violence et la censure liées à la révolution.

Tombé ? Elle ne croyait pas si bien dire ! J'étais littéralement tombé au dix-septième siècle...

Plus loin, je croisai au coin d'une rue un vendeur de journaux vêtu d'une chemise de toile brune, d'un épais pantalon gris et de chaussures très abîmées. Il portait une casquette sur la tête et un épais feuillet constitué d'exemplaires de « La Gazette » dans les bras. Je fus étonné de la liberté que l'Etat laissait à la presse en cette période de troubles. Comme si elle devinait mes pensées, Elise intervint :

– Les journaux sont censurés par l'Etat avant d'être publiés. Inutile d'en acheter un. Il te dira que Mazarin regagne du pouvoir sur la capitale et qu'il va bientôt récupérer son statut d'avant.

– Mais alors, qui les achète ?

– Les optimistes peut-être, certains intellectuels et les nostalgiques du pouvoir déchu !

Je profitai de cet échange pour continuer à mener mon enquête :

– Quel jour sommes-nous ?

– Tu as vraiment perdu la mémoire ! Le 20 octobre, bien sûr !

Au moins, j'avais changé de siècle, pas de jour. Tout n'était pas perdu, et je me rassurais comme je le pouvais au milieu de cette situation abracadabrantesque.

– Mais, au fait, comment se fait-il que tu saches lire ? intervins-je.

– C'est une longue histoire, éluda-t-elle. Viens !

4.

Quelques enjambées plus tard, nous traversâmes le Pont Neuf qui n'avait jamais si bien porté son nom. Plus vieux pont de Paris pour mes contemporains, il avait été construit une cinquantaine d'années avant la Fronde. Je fus charmé par ses lignes régulières, entrecoupées de petits balcons en demi-cercles au-dessus de chaque pilier.

Les vendeurs ambulants profitaient de cette place d'exception pour écouler leur marchandise. Plusieurs centaines de têtes ressemblant à des masques étaient sculptées à intervalle égal, sous les corniches. Je n'eus pas le temps de m'y attarder davantage car Elise continuait à avancer d'un pas assuré. Nous longeâmes les quais de Seine pendant quelques centaines de mètres, quand, enfin, Elise s'arrêta. Devant nous se dressait une immense tour carrée.

– Qu'est-ce que c'est ?

– La Tour de l'horloge.

– Je m'en serais aperçu... Et qui sont les deux personnages que l'on distingue de part et d'autre du cadran ?

– Ce sont les allégories de la loi et de la justice, et de jour tu pourrais mieux apercevoir deux anges sur le dessus.

– Tu en sais, des choses.

Elle poursuivit sans relever ma remarque :

– Ces peintures ont remplacé celles des évangélistes Luc, Matthieu, Jean et Marc. Les symboles bibliques étaient trop austères pour le roi qui leur préféra des fleurs de lys. Il y ajouta ses armoiries que l'on retrouve, à côté de celles de sa mère Catherine de Médicis, entre les deux anges. Mais regarde plutôt tout là-haut !

Je levai la tête et aperçus une espèce de petit clocher dans lequel je devinai une énorme cloche, ce que me confirma la demoiselle :

– Elle sert à annoncer les grandes nouvelles, par exemple la mort d'un roi ou la naissance d'un dauphin.

– Un dauphin ?

– Oui, le premier fils d'un roi, qui sera roi lui-même.

Je compris vite ma méprise. Enfin, je repris :

– Qu'est-ce qu'on fait là ? Tu voulais connaître l'heure ? Tu veux qu'on fasse sonner la cloche ?

– On observe. Tais-toi et arrête de dire des bêtises !

Me voilà bien renseigné. Dépourvu d'informations et privé de la parole, je me demandais dans quels beaux draps je m'étais encore fourré.

Un haut bâtiment occupait une grande partie des quais et continuait à angle droit vers l'intérieur de l'île de la Cité. J'étais passé la veille, en bus et dans le plus grand confort, devant cet imposant bâtiment. Enfin, à peu de choses près puisque les murs ne semblaient pas tout à fait identiques. Je cherchai péniblement dans ma mémoire les informations que notre professeur nous avait communiquées lors de l'excursion, quand soudain, le nom me revint :

– La Conciergerie ! criai-je, fier de ma mémoire d'habitude défaillante.

– Cesse de hurler ! Tu veux nous faire repérer ?

– Excuse-moi, chuchotai-je. Qu'est-ce qu'on vient faire à la Conciergerie ?

– Délivrer mes parents.

– Tu es sûre qu'ils sont ici ?

– Il n'y a pas cinquante prisons du peuple. Il y a de fortes chances, oui.

– A supposer qu'ils sont là, comment va-t-on s'y prendre ?

– Tu vois la grande grille, là-bas ? C'est l'entrée, c'est là que nous pourrons passer.

Je hochai la tête. Certes, j'avais repéré la grille, mais il était évident qu'elle était bien protégée par des membres de la garde royale. Quand bien même nous passerions de nuit, à moins d'être totalement invisibles, comme dans les histoires d'un jeune sorcier à lunettes que je lisais à l'époque, je ne vois pas comment nous aurions pu agir sans nous faire repérer.

Alors que je rêvassais. Elise m'avait abandonné et inspectait en détail la façade de l'imposant édifice. Elle palpait les pierres, dans l'espoir sans doute d'y déceler une ouverture secrète. Enfin, elle m'attira à elle et pointa son doigt en direction d'une fenêtre.

– Là, c'est la salle des gens d'armes. C'est là que les soldats et le personnel prennent leur repas. Inutile de passer par là, nous nous ferions à coup sûr repérer.

– Je m'en serais douté... Tu connais bien les lieux, non ?

Sans prêter attention à mes propos, elle poursuivit :

– Juste derrière l'horloge, ce sont les cuisines. Ce serait moins dangereux de passer par là, mais comment grimper là-haut ?

– Avec une grue ? plaisantai-je.

– Une quoi ?

– Oublie ce que je viens de dire.

– Parfois, je ne te comprends pas... Bon, la prison des hommes est tout au bout du quai, le long de la Seine. Mais les enceintes sont trop hautes pour pouvoir y pénétrer. Et celle des femmes ne possède pas d'accès sur la rue.

– Alors c'est impossible. Tu nous vois, à notre âge, déjouer l'attention des gardes ?

– NOUS, non. Mais TOI, oui !

– Moi ?

Mon visage perdit en quelques secondes ses couleurs, et je vacillai. J'étais tombé en plein dix-septième siècle pour risquer ma vie et, selon une forte probabilité, la perdre. Voici que j'allais servir d'appât pour délivrer des gens inconnus la veille. Ce don de soi imposé par Elise me parut un tantinet exagéré. Je pense qu'elle perçut mon trouble car elle ajouta :

– Ne t'inquiète pas, j'ai la situation en main.

J'en doutai mais ne répliquai pas. Elle continua à arpenter les lieux pour m'en faire le descriptif. A priori, si nous passions par la grille principale – ce qui me paraissait tout bonnement impossible – il *suffisait* de longer la salle d'armes puis descendre quelques marches et tourner à droite pour déboucher sur le couloir des prisonniers. Evidemment, celui-ci était supervisé par le greffier qui, depuis son bureau, consignait le nom des prisonniers, et le concierge, c'est-à-dire le gouverneur de la prison. Un détail pour la demoiselle ! De là, nous pouvions atteindre la cour des femmes, à gauche, et celle des hommes sur la droite.

Enfin, nous ferions demi-tour pour rejoindre la sortie et rentrer tranquillement à la maison, ni vu, ni connu.

– Ne t'inquiète pas, Amédée, nous passerons de nuit. Les tours de garde sont réguliers. Toutes les deux heures, nous avons un battement de deux ou trois minutes pour agir.

– Deux ou trois minutes pour aller chercher tes parents et ressortir ?

– Non, pour entrer sans nous faire repérer.

– Juste une question : comment fais-tu pour passer la grille ? Elle est fermée.

– Je l'enjamberai. Ne t'inquiète pas, ça ne me fait pas peur.

– Mais tu es folle ! Nous allons être repérés par les caméras.

– Les quoi ?

Un point pour elle.

Bien sûr que les caméras ne nous verraient pas, puisqu'elles n'existaient encore. Mais les armes, elles, étaient bien réelles et je n'avais guère envie de finir fusillé ou embroché sur une pointe en haut de la grille d'entrée. De toute façon, la demoiselle était si déterminée et persuasive qu'elle ne me laissait pas le choix.

Soudain, un détail m'intrigua :

– J'ai rêvé ou tu as dit que *tu* allais enjamber la grille ?

– Tu as bien entendu.

D'un coup, la pression se relâcha et je sentis mes muscles se détendre. Elise avait compris que mon gabarit, ma souplesse et ma bravoure ne me permettraient pas d'accomplir des prouesses.

Seulement, je ne fus rassuré que quelques instants, jusqu'à ce que je me souvienne qu'elle m'avait parlé de déjouer l'attention des gardes. Je fis mine d'avoir oublié cela, c'était sans compter sur la demoiselle qui continuait à organiser les opérations :

– Pendant ce temps-là, tu attireras les gardes à l'extérieur. Je te fais confiance.

– Finalement, je crois que je préfèrerais grimper sur la grille.

– Hors de question !

– Mais comment vais-je te rejoindre ?

– Par la grande porte. Les gardes te mettront en prison et moi je te retrouverai à l'intérieur.

Ma vie avait tourné au cauchemar à cause d'une fantaisie temporelle qui m'avait propulsé quatre siècles plus tôt. Quel crime avais-je commis pour être puni de la sorte ? Paradoxalement, je me sentais plutôt fier de tenir un rôle important, moi qui avais toujours vécu dans l'ombre, moqué de tous. Après tout, que risquais-je de plus, sinon de finir ma vie en prison ou au bout d'une corde ? Je chassai ces images et suivis Elise qui s'en allait.

5.

En quittant la Conciergerie, nous entendîmes un bruit de cloche qui résonnait près de là. Douze coups se succédèrent, tandis qu'Elise m'entraînait à l'autre bout de l'île de la Cité. Quelques centaines de mètres plus loin, je levai la tête et demeurai bouche bée devant le spectacle qui s'offrait à mes yeux. La cathédrale Notre-Dame de Paris élevait fièrement ses deux tours jusqu'au ciel. La flèche n'avait pas encore cédé sa place à sa grande sœur, celle qui serait ravagée par les flammes à mon époque. A la place des verres blancs se tenaient des vitraux plus colorés, mais l'édifice paraissait plus austère que dans mes souvenirs.

A cet instant précis, je ressentis une vive émotion, conscient du privilège qui m'était offert.

Sur le parvis beaucoup plus désert qu'au vingt-et-unième siècle, loin des groupes de touristes qui photographiaient à tout-va, j'aperçus un bâtiment carré. Il était surmonté d'une coupole sur laquelle étaient sculptés des personnages ainsi qu'une croix. L'ensemble devait mesurer six ou sept mètres de large sur une dizaine de mètres de haut. J'interrogeai mon hôte sur son utilité.

– Il s'agit de la fontaine de Notre-Dame, me répondit-elle. Elle a été construite peu avant ma naissance pour alimenter en eau les habitants de la Cité. C'est un progrès incroyable ! Enfin... pour l'instant, elle ne fonctionne toujours pas, mais il paraît que les travaux sont en cours de réalisation.

Je me rendis compte que les habitations étaient encore dépourvues d'eau courante à l'époque. Les puits servaient à alimenter les familles pour la cuisine et la toilette. Je pris conscience de la chance que j'avais de vivre dans un monde où le confort s'associait au quotidien.

Je pris place sur un banc situé face à l'édifice que je continuai à observer en détails. La cathédrale semblait plus étouffée qu'à mon époque, perdue au milieu de maisons médiévales biscornues qui s'alignaient à sa gauche et à sa droite. Une bâtisse aux porte et rosace minuscules, que je devinai être une chapelle, jouxtait sa façade ouest et semblait l'agrandir de quelques mètres.

Elise s'assit à mes côtés et resta muette, comme pour prolonger un peu ce moment hors du temps. Enfin, je rompis le silence qui nous auréolait :

– Tu crois vraiment qu'on va pouvoir libérer tes parents ?

– J'ai confiance, on va y arriver. Je crois en toi, Amédée. Pourtant, tu parais si... différent. Qui es-tu ?

Désarçonné par cette question à laquelle je ne m'attendais pas, je tentai de rester évasif :

– Je suis un garçon de douze ans, sans grand intérêt. Pas très intelligent, ni courageux. Quelle importance ?

– Tu as plus d'intérêt que tu ne le penses, même si tu cherches à le cacher. J'en suis certaine.

Et en plus, tu m'aides à délivrer ma famille, c'est tellement noble et chevaleresque de ta part.

– *Noble* n'est pas le mot que j'aurais choisi en ce moment, plaisantai-je pour masquer ma gêne.

– La noblesse est un état d'esprit avant d'être une classe sociale. Et noble, tu l'es assurément.

Je rougis devant les propos d'Elise. Jamais personne ne m'avait considéré comme tel. Il avait fallu que je sois catapulté dans une autre époque pour qu'on me reconnaisse une qualité, et non des moindres. Je changeai de sujet pour ne pas communiquer mon trouble :

– Et toi, je pense que tu ne m'as pas tout dit. Qui es-tu réellement ? Et pourquoi tes parents ont-ils été enfermés ?

– Je suis sincère lorsque je te dis que c'est notre position face à la Fronde qui les a menés au cachot. Pour le reste, c'est un peu plus complexe qu'il n'y paraît...

Je n'en appris pas davantage et ne cherchai pas à la brusquer. Inutile de prendre le risque qu'elle se ferme totalement. Toutefois, je voulais comprendre les événements qui avaient mené à une réelle révolution avant l'heure. Très pédagogue, la demoiselle me résuma la situation :

– Comme je te l'ai déjà dit, c'est le despotisme de Mazarin qui a mis le feu aux poudres.

– Despotisme ?

– Le fait de vouloir le pouvoir absolu. Mazarin veut tout diriger. Il profite de la jeunesse du futur roi Louis et de la fascination que lui voue la régente pour y parvenir. Ce sont d'abord les parlementaires qui se sont révoltés quand ils ont vu les impôts grimper et grimper encore. Anne d'Autriche, la mère de Louis, et Mazarin avaient besoin d'argent pour partir en guerre.

– Et qu'ont fait ces parlementaires ?

– Ils se sont réunis et ont réussi à entraîner le peuple avec eux. Hélas, cela n'a pas suffi. Les parlementaires ont finalement capitulé car ils ne voulaient pas renoncer à leurs privilèges. De ce fait, Mazarin et Anne d'Autriche sont rentrés à Paris.

– Mais alors, pourquoi êtes-vous toujours en guerre ?

La demoiselle marqua une pause, histoire que je digère ces informations, avant de reprendre :

– Parce que, dans un deuxième temps, ce sont les Princes qui ont suivi le mouvement. Parmi eux, le Grand Condé et le Prince de Conti, son frère.

– Qui est Condé ?

– Un grand prince qui s'est distingué lors de guerres et batailles. Il a estimé qu'il n'avait pas été remercié à sa juste valeur pour tous les combats qu'il avait remportés pour le roi.

– Et qu'a-t-il fait pour combattre Mazarin ?

– Les Princes se sont associés aux Espagnols et ont mis le pays à feu et à sang. Mais leurs tentatives furent vaines pour le moment car j'ai entendu dire que la fin du conflit était proche.

– Tu veux dire que vous n'allez pas gagner ?

– Il y a peu de chances, en effet. Même si nous avons multiplié les Mazarinades, ces poèmes moqueurs que tu m'as aidée à coller, notre force a été minime. Et mes parents en ont subi les frais...

Je sentis beaucoup d'amertume dans les propos de ma nouvelle amie, et beaucoup de tristesse pour ces princes. Il était d'ailleurs étonnant qu'elle prenne autant à cœur les déboires d'une autre classe sociale que la sienne. Réussir à emmener le peuple dans une bataille de nobles, quel exploit tout de même !

Elise me paraissait à la fois forte et fragile. Forte de mener ce combat désespéré contre un pouvoir qui la surpassait. Forte de défier l'ordre coûte que coûte, malgré le fait que la situation ne tournait pas en sa faveur. Forte face à l'injustice de Mazarin et de l'Etat. Et pourtant elle semblait si fragile lorsque sa voix se teintait de sentiments divers. Je ressentais chez ce bout de femme l'affliction de savoir ses parents enfermés et certainement malmenés. Elle oscillait entre une détermination sans faille pour se battre et un abattement perceptible, qui la tiraillait. Pour s'extraire du trouble où elle s'était enfoncée, la demoiselle engagea une autre conversation :

– Est-ce que tu as des amis ?

J'avoue que j'aurais préféré que la discussion ne s'oriente pas vers moi. Voilà que son époque rattrapait la mienne et que j'étais à nouveau confronté à ma morne existence.

– Pas vraiment, avouai-je enfin.

– Moi non plus, tu sais.

– Ah bon ?

– Qui voudrait d'une frondeuse déterminée et pénible à l'extrême ?

– Tu n'es pas pénible, avouai-je, alors que mes joues s'empourpraient derrière leurs taches de rousseur.

A son tour, elle rougit et détourna son regard du mien. Je compris à ce moment précis que nos destins étaient liés. Si les apparences ne jouaient pas en notre faveur, il fallait bien avouer que nous partagions cette différence qui éloigne les autres. Je n'avais peut-être pas plongé par hasard dans une faille temporelle... Cette vision me ragaillardit aussitôt :

– Ne t'inquiète pas, moi je ne te lâcherai pas. Nous irons libérer tes parents ce soir.

Elise émit un soupir de soulagement. Sentir une force, même minime, à ses côtés lui dessinait une paire d'ailes dans le dos. En un rien de temps, Ses yeux noirs récupérèrent leur éclat. Elle reprit du poil de la bête et répéta son plan. Au moment où la ronde de nuit changerait, pour que l'effervescence du moment fasse baisser la garde aux soldats, je ferais diversion. Elise en profiterait pour passer de l'autre côté de la grille, rejoindre le couloir des prisonniers et récupérer ses parents.

En théorie, cela paraissait limpide, mais en réalité ? Quelque chose me turlupinait, cependant je ne parvenais pas à en identifier la cause. Je tentai d'étudier la situation dans son ensemble, tâchant de n'oublier aucun détail. Jamais je ne me serais cru capable d'une telle prouesse... Il m'avait fallu attendre de perdre près de quatre cents ans pour retrouver une acuité digne de Sherlock Holmes ou Hercule Poirot, les détectives-héros de mes lectures d'autrefois !

– Mais comment vas-tu faire pour les délivrer ? demandai-je enfin. Ça m'étonnerait qu'on t'ouvre les portes des cellules sur simple demande...

– J'y ai pensé, figure-toi ! Je ne suis pas complètement inconsciente.

Juste un peu, pensai-je, sans oser le formuler. Et puis, je l'étais tout autant de la suivre !

– Lorsque j'atteindrai le couloir des prisonniers, il faudra me faufiler dans le bureau du gouverneur pour récupérer les clefs, le tour sera joué !

– Rien que ça ? Et comment comptes-tu t'y prendre pour détourner son attention ?

– Je sais qu'il prend sa pause de nuit entre vingt-deux heures trente et six heures trente du matin. J'aurai largement le temps de les subtiliser en une demi-heure.

Elle me semblait toujours aussi bien informée sur l'organisation des lieux et cela me parut de plus en plus étrange.

– Et pour le retour ? ajoutai-je.

– Le retour ?

– Comment comptez-vous sortir sans vous faire prendre ? Et moi, que vais-je devenir ?

– Pour toi, c'est facile, je te récupèrerai en prison. Pour le reste, nous verrons sur place.

Je demeurai circonspect face à cette réponse et osai renchérir :

– Mais si on me met en prison, les gardes vont devoir prévenir le gouverneur pour récupérer les clefs, non ?

– Tu te poses trop de questions ! Il doit bien y avoir un double du trousseau pour les gardes de service.

Soit. Je ne pariais pas cher de ma peau, mais sortir de mon quotidien insipide me rassérénait tellement que j'aurais suivi Elise et ses boucles rousses jusqu'au bout du monde. Du moins, jusqu'au bout de Paris ! Je n'abordai plus le sujet de l'après-midi et la suivis dans ses balades. Nous flânâmes un bon moment le long des quais, bien que l'odeur nauséabonde de la Seine rivalisât avec celle des rues, ainsi que dans diverses artères de l'île de la Cité. Ce soir-là, j'allais jouer le plus grand et le plus beau rôle de ma vie et il ne fallait pas que j'échoue. C'était pourtant mal me connaître...

6.

La nuit venue, nous nous postâmes non loin de la Conciergerie, en embuscade. Mon pouls s'accélérait à mesure que nous progressions. Mon cœur voulait se sauver hors de sa cage. Je tentai de prendre une respiration lente, mais rien n'y fit.

Vers vingt-deux heures cinquante – si les aiguilles de l'horloge de la tour disaient vrai – nous nous approchâmes discrètement des grilles et Elise m'indiqua l'emplacement des deux gardes de faction qui paradaient en uniforme, droits et rigides comme des poteaux. Bientôt, ils seraient relayés par leurs collègues et c'est à ce moment-là que nous entrerions en scène.

– Bon, tu te souviens du plan ? chuchota-t-elle.

J'acquiesçai d'un mouvement de tête, incapable de sortir un mot. La peur avait étouffé ma voix.

– Tiens-toi prêt. Dans deux minutes, pendant le roulement, tu te placeras sur la gauche de la grille, prêt à attirer leur attention. Pendant ce temps, moi, je l'escaladerai.

– C'est haut, parvins-je enfin à prononcer, en frissonnant et en levant la tête jusqu'au sommet des grilles. Et pointu aussi.

– Rien de méchant, crois-moi. J'ai déjà fait pire, s'amusa-t-elle, sans parvenir à cacher sa nervosité.

Dès lors, nous n'échangeâmes plus aucun mot. Chacun gagna rapidement son poste. Soudain, un bruit de bottes résonna dans la nuit noire.

Le signal !

J'entendis Elise qui commençait à grimper avec beaucoup d'agilité, et me figeai un instant, avant que la panique ne m'envahisse. Faisant fi de toutes ses indications, je quittai ma place et suivis la demoiselle. Si elle était parvenue à atteindre le sommet en un rien de temps, il ne m'en faudrait pas davantage pour me retrouver de l'autre côté.

Les trois premiers mètres me parurent plutôt aisés à grimper. Une vingtaine de secondes suffirent à m'y emmener. Mon professeur d'éducation physique de l'époque aurait été estomaqué par mes performances ! Malheureusement, c'est là que mes forces commencèrent à décliner. Mon corps se mit à trembler et je fus saisi, incapable de poursuivre sur les deux derniers mètres. Tel un singe agrippé à son arbre, j'entourais les barreaux de mes bras fluets pendant que les sentinelles s'éloignaient avant la relève. Il me restait au bas mot une vingtaine de secondes avant de me retrouver encerclé et prisonnier. Finalement, je revenais au plan initial de mon amie, mais la peur qui me taraudait ne voyait pas les événements se dérouler sous cet angle.

Le corps – comme le cœur – a ses mystères que la raison ignore. Ragaillardi par la terreur qui me hantait, je puisai toute l'énergie qui me restait et parvins par miracle à rejoindre le sommet de la grille. Un soupir de soulagement incontrôlable sortit de moi, mais personne ne le remarqua puisque je demeurais seul dans l'enceinte du bâtiment. Je réussis à me positionner à califourchon sur le grillage qui, je dois bien l'avouer, me piquait le postérieur. De son côté, Elise avait dû gagner le couloir des prisonniers car je ne l'entendais plus.

Enfin, je m'apprêtais à me laisser glisser le long d'un barreau quand j'entendis la relève se manifester à quelques mètres de moi.

Ma vie ne tenait plus qu'à un fil, j'étais perdu !

Ni une, ni deux, j'entrepris de descendre quand même avant que les pas ne se rapprochent de la grille. Mes mains tremblaient tellement que je peinais à les garder agrippées. Les lois de la gravité sont telles que les corps sont irrémédiablement attirés par le sol. J'en fis les frais quand mes doigts se détachèrent des barreaux pour précipiter ma course qui se termina dans un fracas assourdissant mêlé de contusions diverses.

Aussitôt, les pas s'accélérèrent dans la cour et les gardes se séparèrent pour trouver la cause du vacarme. L'un d'eux se rapprocha de moi. Il ne restait que peu de temps avant qu'il ne découvre ma présence. Je me recroquevillai, comme pour me rendre invisible et inaudible. Les secondes qui suivirent me terrifièrent. Je priai pour retrouver le confort de mon époque et cette vie qui – soit – ne ressemblait pas à un rêve, mais, au moins, ne se terminerait pas dans un affreux cauchemar.

Soudain, je sentis le souffle de la sentinelle à moins d'un mètre et je retins le mien...

7.

Un bruit métallique et assourdissant résonna dans la nuit noire. Le garde qui me tenait presque se précipita dans sa direction, jura bruyamment puis interpella son collègue :

– Pas de panique, mon gars ! C'est juste une saleté de chat. Il s'est pris les pattes dans les maillons d'une chaîne.

Un chat ?

Je repris mes esprits. Par miracle, ce félin avait fait irruption dans la cour, et les deux gardes s'affairaient autour de lui. En quelque sorte, ce matou venait de me sauver la vie. Je me demandai si la faille temporelle m'avait doté d'une bonne étoile...

– Vire cette sale bête ! grogna l'autre. Il va nous refiler ses puces.

– Tu veux que je lui torde le cou ? On sera débarrassés !

– C'est mon jour de bonté, on va le gracier. Mets-lui simplement un bon coup pied au cul !

– D'accord. Allez, oust ! Dégage !

D'un geste, le malheureux chat fut expédié sans ménagement hors des grilles. Jusqu'à son atterrissage, j'entendis un miaulement plaintif qui fusait dans l'obscurité nocturne. De mon côté, je ne m'attardai pas sur le sort de l'animal qui, contrairement à moi, disposait de sept vies pour se refaire une santé, et me dépêchai de rejoindre la porte du couloir des prisonniers, selon les indications d'Elise. J'avais échappé de justesse au pire des scénarios ! Du moins, pour le moment...

Délicatement, je tentai d'ouvrir une épaisse grille, restée déverrouillée quelques minutes pour permettre aux gardes d'effectuer leur roulement. Elise avait donc pensé à tout, malgré ses airs insouciants ! Lentement, j'appuyai sur la poignée mais un grincement sinistre accompagna mon geste. Ces vieilles bâtisses sont marquées par les affres du temps ! Je restai muet et figé un instant puis, soulagé que les gardes ne se préoccupent pas du sort de la porte, pénétrai dans le couloir. Je mis quelques secondes à m'habituer à la pénombre des lieux. Seule une faible lanterne éclairait une partie du hall depuis une pièce située un peu plus au fond, sur la droite. Au loin, je distinguai ma camarade qui, lorsqu'elle m'aperçut, s'approcha de moi avec un air de reproche.

– Qu'est-ce que tu fais là ? chuchota-t-elle, énervée. Et les gardes, qu'en as-tu fait ?

– J'ai eu peur de te laisser seule, mentis-je. Les soldats n'ont pas prêté attention à moi, je t'assure.

– Heureusement ! Bon, puisque tu es là, nous allons agir ensemble. Tu vois la première porte, là-bas ?

Je regardai dans la direction qu'elle m'indiquait puis hochai la tête. Ma camarade m'apprit qu'il s'agissait du bureau du Concierge et que celui-ci dormait à poings fermés. Seulement, il nous faudrait prendre le risque de le réveiller si nous voulions récupérer le trousseau de clefs. Puis elle m'indiqua une autre porte, située un peu plus loin sur la droite.

– C'est le bureau du greffier. Je viens de regarder, la pièce est vide.

– Alors nous pouvons emprunter ses clefs ?

– Malheureusement, je ne les ai pas vues. Il a dû les emporter pour sa tournée de nuit.

– Qu'est-ce qu'on va faire, alors ?

– On va passer par la porte du concierge.

Je pris un air résigné :

– C'était ce qui était prévu de toute façon, non ?

– Oui, mais on aurait pu avoir de la chance !

La *chance*, je considérais qu'elle m'avait souri lorsque j'avais traversé la cour sans me faire repérer par les gardes. Il ne fallait pas en abuser ! Nous avançâmes à tâtons jusqu'à ladite porte, et entendîmes un ronflement régulier et serein.

– Il dort !

– Je m'en serais doutée, se moqua Elise. Monsieur est perspicace !

Elle mit son doigt sur sa bouche pour me signifier de me taire. Tandis qu'elle se postait, accroupie, à gauche de la porte, je me plaçai symétriquement du côté droit. Elle avança délicatement vers l'espèce de fenêtre à barreaux, sans vitre, qui donnait sur le couloir et se haussa, jusqu'à ce que ses yeux atteignent l'ouverture.

Sa tête oscilla de gauche à droite et de haut en bas. Enfin, elle s'abaissa et me fit signe de faire le guet en l'attendant.

Telle une souris à pattes de velours, la demoiselle se faufila à l'intérieur. De mon côté, j'étais pétrifié et j'imaginais déjà ce qui pourrait advenir si notre présence était découverte, qui plus est par le concierge en personne ! Les secondes qui s'écoulèrent me parurent des heures. Je les égrenais machinalement dans ma tête, jusqu'à ce qu'Elise ressorte enfin. Un léger tintement de métal sortit de sa poche et je devinai – si son grand sourire aux lèvres n'avait pas suffi – qu'elle avait réussi sa mission. Malgré tout le sang-froid dont elle avait fait preuve, j'aperçus dans la pénombre une goutte de sueur qui perlait sur son front. Le mien avait été balayé par un véritable tsunami au-dessus de ma ride du lion, mais la demoiselle semblait assez délicate pour ne pas m'en faire la remarque.

Elise hésita un instant sur la marche à suivre. Nous pouvions rejoindre le couloir des hommes, celui des femmes, ou nous séparer. La dernière option lui sembla la plus appropriée pour qu'un intrus du sexe opposé ne soit pas repéré dans les couloirs. Seulement, je ne l'entendais pas de cette manière. J'avais besoin d'elle pour continuer la mission et je ne me voyais pas retrouver seul son père. Ma camarade pesta une seconde, puis me sourit avec bienveillance.

– D'accord. On va d'abord voir du côté des femmes, c'est là qu'il y a le moins de cellules, donc le moins de surveillants.

– Sais-tu comment on va la retrouver ?

– En ouvrant les portes les unes après les autres. Tu vois une autre solution, peut-être ?

– Euh... non, bégayai-je.

Je m'apprêtais à suivre ses pas, quand un bruit inattendu nous fit paniquer. Des pas cadencés étaient associés à un tintement métallique de trousseau de clefs.

– Le greffier !

En effet, le bougre revenait de son tour de ronde, et nous pouvions distinguer une faible lueur qui l'accompagnait. S'il nous trouvait là, il sonnerait l'alerte illico ! Nous étions coincés au bout de ce couloir, à deux pas de notre objectif.

Brusquement, Elise m'attrapa par le col et m'attira à la hâte quelques mètres plus loin. Elle ouvrit rapidement une porte à notre gauche et nous nous retrouvâmes dans un lieu plongé dans l'obscurité. Le silence s'empara de nous. Seuls nos battements de cœur résonnaient dans notre cage thoracique. Persuadés que notre présence avait été remarquée par le gardien, au bout de quelques dizaines de secondes nous constatâmes que le calme avait repris ses droits dans le couloir adjacent. Contre toute attente, nous n'avions pas été repérés et le greffier avait retrouvé sa place dans sa loge.

Malgré tout, nous étions trop échaudés pour nous résoudre à sortir de notre cachette.

Autour, la nuit se faisait pesante, mais le clair de lune qui perçait à travers une petite fenêtre en hauteur dans la pièce à côté nous permit de progresser à pas de loup vers celle-ci. Bientôt, nous devinâmes que nous avions atterri dans une chapelle. La pièce était circulaire et devant nous se dressait un autel plutôt imposant. De part et d'autre, des bancs suivaient les lignes des murs. Peu de chances que quelqu'un nous surprenne en ces lieux à pareille heure.

– C'était moins une ! finis-je par admettre.

– Oui. Mais maintenant, il faut retourner dans le couloir.

– Tu veux que le concierge nous entende ? Moi, je reste ici.

– Tu préfères attendre qu'on vienne te chercher à l'office demain ?

– Tu as une meilleure solution ? m'énervai-je.

– Si on n'en cherche pas, on n'en trouvera pas.

Nous entreprîmes alors d'inspecter la pièce dans l'espoir que jaillisse une idée. Je tâtai chaque pierre des murs comme si j'allais y découvrir un passage secret digne des films d'espionnage de mon époque. Alors que je me transformais en James Bond ou en Indiana Jones, Elise m'extirpa de ma rêverie et m'invita à la suivre. Dans un recoin de la pièce, plongé dans le noir, je découvris un petit escalier en pierre qui grimpait, d'après Elise, vers l'étage des femmes.

– Es-tu sûre que...

– Que comptes-tu trouver là-haut à part les cellules ? me coupa la demoiselle. Suis-moi.

Nous commençâmes l'ascension de l'escalier de pierre blanche quand, au bout de quelques mètres, une force issue de nulle part me fit chuter. Je dégringolai en tournant jusqu'au bas et me cognai violemment la tête à chaque marche. Enfin, je devinai le carrelage froid de la chapelle sous mon visage et fus traîné jusqu'à la sortie par la cheville fermement ceinte. Le tissu rêche de ma veste égratignait ma peau. Lorsque l'étreinte cessa, je me retournai et tombai nez à nez avec un homme qui me dévisageait, l'air courroucé.

8.

– Qui es-tu ? hurla-t-il, à tel point que sa voix résonna jusqu'au bout du couloir.

– Am... Am... Amédée.

C'était le greffier !

L'homme posait sur moi un regard malveillant et scrutateur. Il devait avoir une cinquantaine d'années, mais sa peau tannée et vérolée lui faisait paraître au moins dix années de plus. Son gros nez rougeaud et bosselé contrastait avec ses minuscules yeux de vipère. Il dressait un sourcil en forme d'accent circonflexe, ce qui ne laissait rien présager de bon pour la suite des événements.

Quand il s'approcha pour m'observer, je sentis qu'il empestait l'alcool, et lorsqu'il se mit à m'invectiver, je pus apercevoir une dentition qui n'avait rien à envier aux créneaux d'un château-fort. Çà et là, les poils d'une barbe mal taillée perçaient son épiderme rugueux. Le dos courbé, la démarche hésitante, il était pourtant parvenu à inhiber ma course vers les cellules. Je m'avouai vaincu et n'opposai aucune résistance.

– Dépêche-toi, espèce de morveux ! Suis-moi !

C'était je crois sa façon amicale de m'accueillir dans sa demeure. Pour paraître encore plus aimable, il m'attrapa par la main et, sans me laisser reprendre mon équilibre, me tira de toutes ses forces dans un méandre de couloirs et d'escaliers. Malgré moi, je fus obligé de le suivre sur le ventre, la nuque tendue et le torse à demi-surélevé vers son bras. Le sol râpait mon bas-ventre à chaque passage de marche et ma tête cognait contre les murs car le bougre ne me laissait pas le temps de négocier mes virages.

En fin de course, nous nous retrouvâmes dans un couloir, beaucoup plus sinistre que celui que nous avions quitté. De part et d'autre, de nombreuses portes en bois étaient espacées à intervalles réguliers. Derrière certaines d'entre elles, des bruits sinistres et sourds résonnaient.

– Tu voulais visiter Paris ? aboya mon geôlier.

Je n'osai répondre et préférai me taire.

– Alors, réponds !

– Euh... Oui, admis-je d'une voix fluette.

– Eh bien, tu es servi ! glousse-t-il. La plus belle vue de la capitale. Et tu vas pouvoir y rester un bon moment. Gîte et couvert gratuits.

Je fus aussitôt projeté dans une cellule presque aveugle. Pour la vue, je repasserais. Et en ce qui concernait le gîte, le confort paraissait plutôt sommaire : un peu de paille à même le sol, des murs ruisselant d'humidité et une odeur âcre qui empestait les lieux. Quant au couvert, je devinai que le repas ne rivaliserait pas avec les restaurants gastronomiques étoilés qui grouillaient dans la capitale à mon époque.

J'essayai de répliquer que j'étais innocent, mais il entoura ma gorge de ses phalanges pour signifier de me taire, sans quoi je courrais des risques. Vaincu, je capitulai et allai m'asseoir dans le fond de la cellule. Au moins, le bruit ne me gênerait pas cette nuit-là...

– Je déciderai de ton sort demain matin ! En attendant, je ne te conseille pas de faire de l'esclandre, sinon je connais un gibet qui se fera le plaisir de raccourcir ta vie.

Je déglutis d'effroi en imaginant la corde autour de mon cou. Cet homme ne plaisantait pas, j'en étais certain. Il patienta encore une dizaine de secondes puis referma la porte derrière lui. Le grincement de la clef dans la serrure résonna dans toute la cellule.

Il fallait me rendre à l'évidence : j'avais échoué dans la mission qu'Elise m'avait confiée. J'avais été incapable de me faufiler dans la Conciergerie pour libérer ses parents. Qui aurait pu croire qu'un enfant de douze ans puisse réussir un tel exploit ? En parlant de la demoiselle, j'ignorais ce qu'elle était devenue depuis que le greffier m'avait attrapé. Elle avait dû rester cachée en haut de l'escalier le temps que nous nous éloignions, mais ensuite ? Au moins, j'avais respecté le plan initial puisque je me retrouvai en prison, quoique les modalités fussent différentes de celles qu'Elise avait énoncées.

Je patientai une heure ou deux, du moins c'est ainsi que j'évaluai le moment passé dans cette cellule sombre et hors du temps. Dehors, j'entendais régulièrement des râles de prisonniers et mon voisin cognait toutes les deux minutes contre la paroi. Rester ici allait me rendre fou comme lui, j'en étais certain ! Je repensai alors à ma classe, à mes parents et à mon absence d'amis. Au moins, même privé de relations sociales, je ne mettais pas ma vie en danger.

Pourtant, de l'adrénaline avait parcouru mon corps pendant cette journée, comme si le fait de vivre des situations angoissantes avait alimenté ma vie d'ordinaire si inintéressante.

Je tentai en vain de chercher une issue entre les pierres, de bricoler la serrure pour la faire céder, de dégager la paille pour y dénicher un passage secret. Ce genre d'exploit n'existait malheureusement que dans les romans ou au cinéma. J'aurais bien aimé me transformer en aventurier, déplacer les murs grâce à un mécanisme invisible, et sortir une seconde avant qu'une bombe n'explose. Mais je n'étais qu'un pauvre enfant prisonnier, incapable de déjouer le sort qui m'était réservé.

Soudain, j'entendis comme un frottement au bout du couloir. Je m'approchai de la porte et collai mon oreille pour mieux identifier le bruit. De toute évidence, quelqu'un grattait à la porte des cellules. Ce devait être l'heure de la soupe puisque, d'après le greffier, le couvert était offert ! A cette idée, mon estomac gargouilla et me fit comprendre que la faim me tenaillait. Cela faisait déjà de nombreuses heures que je n'avais rien avalé. Au moins, cette prison respectait un rudiment de droits de l'homme, même si les droits de l'homme n'avaient pas encore été ratifiés à l'époque !

J'attendis que le bruit s'approche de moi, mais son avancée paraissait bien lente pour mon appétit. Enfin, au bout d'une bonne dizaine de minutes, on frappa doucement à ma porte. Je ne pipai mot et attendis que le gardien ouvre pour m'apporter ma pitance. Rien. Le bruit retentit à nouveau, un peu plus fort cette fois. Machinalement, je répondis par la même combinaison de coups, que l'on répéta encore une fois de l'autre côté. Si c'était une blague, elle était de très mauvais goût ! Je décidai de ne plus me prêter à ce jeu ridicule, quand une voix jaillit de l'autre côté de l'épaisse cloison :

– Amédée, c'est toi ?

Elise ! J'aurais reconnu son timbre de voix entre mille. Elle avait réussi à échapper aux griffes du greffier. Je restai coi d'émotion, admiratif des prouesses de la demoiselle.

– Amédée ! répéta-t-elle.

Cette fois, je recouvrai mes esprits et lui répondis bêtement :

– Oui, c'est moi !

– Ah ! enfin !

Je sentis un soulagement dans sa voix.

Elle avait dû effectuer le tour des cellules pour me retrouver et elle ne m'avait pas abandonné. A cet instant, j'eus l'impression d'occuper une place importante dans sa vie, ce qui ne m'était jamais arrivé auparavant. Un déclic me sortit de ma rêverie et, en un rien de temps, Elise se retrouva dans ma cellule.

– Dis donc, tu aurais pu éviter de te cacher ! plaisanta-t-elle. Je t'ai cherché des heures !

– N'exagère pas non plus !

– D'accord. Mais avoue que tu ne m'as pas facilité la tâche... Qu'est-ce qui t'a pris de te faire attraper ? ironisa-t-elle.

– Comme si j'avais eu le choix...

– Viens, je vais te sortir de là. Suis-moi.

Nous sortîmes prudemment des lieux et arpentâmes en toute discrétion le couloir, à l'affût des bruits de clefs du greffier ou des autres gardiens.

– Mais comment as-tu fait pour me libérer ? interrogeai-je alors que nous regagnions le rez-de-chaussée.

Elle me tendit le trousseau de clefs du concierge, l'air moqueur :

– A ton avis ?

Nous n'échangeâmes plus un seul mot jusqu'au couloir attenant aux bureaux du concierge et du greffier. Il paraissait évident que ma présence en ces lieux avait créé un branle-bas de combat dans la prison. De la lumière émanait des deux pièces, preuve que le greffier avait réveillé son collègue qui, vite, avait dû s'apercevoir que son trousseau avait été subtilisé. Nous assistâmes à la valse des sentinelles qui allaient et venaient en tous sens depuis la salle des gens d'armes et la cour. A peine venions-nous d'apercevoir l'un d'entre eux qui montait l'escalier, qu'un autre déboulait dans le couloir et qu'un troisième paraissait de l'extérieur.

C'était une vraie fourmilière remplie de petits hommes besogneux !

Un bruit de corne de brume nous fit sursauter. Quelqu'un sonnait l'alerte, sans doute pour signifier que je m'étais échappé de ma cellule. Elise et moi échangeâmes un regard entendu et profitâmes de ce désordre pour nous éclipser vers la rue. Fort heureusement, personne ne nous aperçut. Ils étaient tellement occupés à me chercher dans les étages qu'ils en oubliaient de rester vigilants du côté de l'entrée.

Très vite, nous nous retrouvâmes près de la grille dont les soldats avaient abandonné la surveillance quelques instants. Je rassemblai mes dernières forces pour me hisser jusqu'en haut, et me laissai tomber dans la rue. La terreur fait parfois pousser des ailes ! Elise m'imita et nous prîmes nos jambes à notre cou jusqu'aux quais pour éviter que des regards malveillants se posent sur nous.

– S'échapper d'une prison est finalement un jeu d'enfant ! m'exclamai-je, soulagé.

– Y entrer aussi !

– Au fait, qu'as-tu fait du trousseau de clefs du concierge ?

Elle sortit l'objet de sa poche et le secoua à quelques centimètres de mes yeux, avant de le lancer le plus loin possible dans la Seine. Un joli « plouf » accompagna sa disparition.

– Voilà qui leur donnera de quoi s'occuper, s'amusa-t-elle. Mais je ne donne pas cher de notre peau si nous restons dans les parages.

Allons-nous-en maintenant !

Je la suivis durant plusieurs centaines de mètres, jusqu'à ce que nous traversions le pont pour quitter l'île de la Cité. Ce n'est qu'au bout d'un moment, rasséréné, qu'un autre détail, et pas des moindres, m'interpella :

– Où sont tes parents ? Tu as pu les libérer ?

– Je ne les ai pas trouvés, figure-toi... Je pense qu'ils n'ont pas été enfermés à la Conciergerie.

– Tu plaisantes, j'espère ?

Ainsi, j'avais risqué ma vie, failli me faire tuer par des gardes, un greffier, un grillage et un chat (peut-être) enragé, et tout cela pour rien ! J'avoue qu'à ce moment précis, je manquai de tendresse à son égard et m'éloignai pour digérer la nouvelle.

Attristée de me voir dans cet état, Elise me rattrapa :

– Je suis désolée. J'étais persuadée qu'ils...

– Tu m'as fait risquer ma vie.

– Oui. Pour mes parents. Pour les personnes que je chéris le plus au monde. Ça te va comme explication ou tu préfères que je rejoigne le trousseau de clefs et qu'on n'en parle plus ?

A ces mots, je sentis que ma parole avait dépassé mes pensées. Evidemment, j'aurais pris tous les risques pour sauver les miens, sans m'inquiéter des conséquences. Son action était louable et il m'était impossible de lui en tenir rigueur.

– Pardonne-moi. C'est que, j'ai eu si peur.

– Moi aussi, me rassura-t-elle. Et je suis encore plus triste de ne pas les avoir trouvés.

– Es-tu certaine qu'ils n'étaient pas en cellule ?

– Tu penses bien que j'en ai profité pour faire le tour du bâtiment. Si j'ai mis du temps à te trouver et te libérer, c'est parce que j'ai frappé à chaque porte.

Puis elle se tut un instant, pensive et soucieuse, avant de lâcher timidement :

– J'espère qu'il ne leur est rien arrivé...

Ces mots sortirent de manière à peine audible et ce furent les derniers que nous prononçâmes jusqu'à notre retour chez elle. Epuisés par notre nuit agitée, nous décidâmes de dormir quelques heures pour recouvrer nos esprits et dénicher une nouvelle piste pour sauver ses parents.

9.

21 octobre 1652

Le lendemain matin, alors qu'un soleil d'automne brillait à travers les volets de la chambre, je m'éveillai. Elise dormait toujours profondément, sans doute épuisée par nos péripéties de la veille. L'intérieur de la maison était resté dans le même état qu'à notre départ, c'est-à-dire un capharnaüm innommable. Nous tentâmes de rassembler les éclats de verre et de sauver ce qui pouvait l'être.

Allongé à même le sol pour une très courte nuit, je songeai à ma classe, à madame Delatour, mon professeur de français, à mes parents. J'espérais secrètement que tous s'inquiètent de mon absence, mais je redoutais que personne n'y ait prêté attention. Le plus grand rôle de mon existence était celui de l'homme invisible, ce personnage dont on ne se préoccupe pas puisqu'on ne peut l'apercevoir... D'ailleurs, n'avais-je pas réussi à enjamber la grille de la Conciergerie sans que les gardes ne m'aperçoivent ? Evidemment, je dus admettre qu'il n'en allait pas de même du greffier qui était parvenu à m'intercepter...

Elise ouvrit un œil deux ou trois heures plus tard, étira ses bras pour se détendre de son inconfort nocturne. De mon côté, je n'avais pas réussi à dormir. Lorsqu'elle m'aperçut, elle me sourit.

– Tu es resté.

– Je n'allais pas chercher une auberge en pleine nuit, rétorquai-je. Sinon, je serais resté en prison, au moins le gîte était gratuit.

– Je suis désolée...

– Ne le sois pas. Je t'ai suivie de bonne grâce... ou presque !

Son visage se rembrunit tout à coup.

Elle tendit l'oreille et constata, dépitée :

– Mes parents ne sont toujours pas rentrés... J'aurais pourtant espéré qu'on se soit trompés sur leur sort.

– As-tu une idée de l'endroit où ils peuvent se trouver ?

Elle n'eut pas le temps de me répondre qu'un brouhaha se fit entendre du dehors. Nous nous levâmes d'un bond et nous précipitâmes à la fenêtre. Les gens couraient en tous sens, dans un joyeux désordre. Cette effervescence nous parut inhabituelle : des personnages traversaient la place comme des automates, tandis que d'autres braillaient de tous côtés, dans une ferveur que je n'avais pas encore rencontrée.

– Que se passe-t-il ? demandai-je.

– Aucune idée. Mais ce doit être important pour qu'on s'agite de la sorte.

Ni une, ni deux, nous dégringolâmes les escaliers et sortîmes de la maison. Je me fis bousculer par une charrette qui passait au même moment et me serais retrouvé à terre si ma camarade ne m'avait pas rattrapé par la ceinture.

– Fais attention !

– Merci. J'ai l'habitude que les véhicules respectent davantage les piétons.

– Alors il faudra que tu me dises où tu habites ! s'exclama-t-elle. Ici, personne ne se risquerait à traverser sans prendre garde aux chevaux. Question de survie.

Nous interrogeâmes un voisin qui attendait, immobile, devant sa porte, mais il n'était pas plus informé que nous sur ce qui se passait. Pour toute réponse, il tendit son doigt vers un jeune garçon qui s'affairait à vendre ses journaux aux quelques bourgeois lettrés qui croisaient son chemin. Il me faisait penser au personnage de Gavroche, ce jeune garçon intrépide que j'avais découvert dans *Les Misérables* de Victor Hugo. Pourtant, j'avais conscience que deux siècles le séparaient de mon vendeur. Nous nous approchâmes de lui en prenant soin, cette fois, d'éviter de nous faire écraser.

– Toujours la Gazette, remarquai-je. Pas très variée la presse, ici...

– Qu'est-ce que tu crois ? C'est le seul journal officiel autorisé. D'ailleurs son fondateur a obtenu le privilège du roi et s'est engagé à ne rien écrire qui mettrait le pouvoir en péril. J'en ai parlé hier.

– Oui, c'est vrai. Mais je ne pensais pas que c'était aussi contrôlé. Comment s'appelle celui qui a reçu ce privilège ?

– Un certain Théophraste Renaudot.

Aussitôt, elle m'expliqua qu'il avait été médecin personnel de Louis XIII, puis avait reçu les faveurs du cardinal de Richelieu lorsqu'il s'était converti au catholicisme. Au début de la Fronde, il avait servi Mazarin en faisant de son journal un instrument de propagande en faveur du pouvoir en place. Elle en connaissait décidément beaucoup sur les accords de la couronne...

– Et ce journal paraît tous les jours ?

– Depuis le début de la Fronde, les publications ne sont plus régulières. Surtout depuis que la famille royale s'est exilée hors de Paris. C'est étonnant qu'on en voie autant ces jours-ci.

– Il doit se passer quelque chose, conclus-je.

– Très certainement.

Le nom de Théophraste Renaudot me trotta dans la tête. J'étais persuadé que quelqu'un m'avait déjà parlé de lui. Pourtant, ce n'était pas un grand personnage historique, et je n'étais pas assez concentré en cours pour retenir les détails... Soudain, je reçus comme une révélation ! Notre professeur d'histoire nous avait parlé de lui, enfin plus exactement avait prononcé son nom lorsque nous avions évoqué la presse. Je me souvins alors que c'était le nom d'un prix littéraire, décerné par un jury composé de journalistes. Je l'avais retenu car j'étais fasciné par ces gens qui recevaient des prix pour leur œuvre, moi qui n'intéressais personne.

Elise me sortit de ma réflexion en tirant sur ma manche gauche.

– Tu rêves encore ?

– Oui. Enfin non. Excuse-moi.

– Regarde le gros titre du journal !

Je m'approchai de la pile de journaux que le jeune garçon tenait dans sa main, et pus lire, en caractères démesurés, la courte phrase *« Il revient ! »*. On ne pouvait pas dire que cette nouvelle réveillât beaucoup mes neurones.

– *« Il revient ! »* indiqua Elise, comme si j'étais incapable de lire par moi-même.

– Mais qui ?

– Louis bien sûr. Qui d'autre ?

Décidément, je manquais de discernement ce matin-là. J'osai donc un timide *« Louis qui ? »* qui fit bondir la demoiselle, à tel point que son visage et son cou virèrent au rouge, ce qui eut pour effet d'atténuer un instant ses taches de rousseur :

– Tu le fais exprès ? Il s'agit de Louis XIV, le roi de France !

– Et c'est censé être une bonne nouvelle ?

– Tout dépend du point de vue où l'on se place. Cela signifie que le gouvernement est en passe de gagner la Révolution.

– Et donc que les frondeurs ont perdu ?

– C'est l'idée, oui. Après, on peut toujours prier pour que des accords viennent apaiser les tensions. Mais j'ai dans l'idée que la famille royale gardera rancune de cet épisode.

– Et Mazarin ?

– A mon avis, il est trop tôt pour qu'il rentre à Paris. Le roi n'était pas la cible prioritaire du conflit, et il représente tout de même notre pays. En revanche, c'est Mazarin qui tire les ficelles depuis le début de la régence. Ce qu'on reproche à la famille royale, c'est qu'elle a fermé les yeux sur les agissements du cardinal et adopté ses mesures sans les contester.

– Et, concrètement, est-ce que ça nous avance sur le sort de tes parents ?

– Bonne question…

Bref, je compris à ces derniers mots que nous allions continuer à chercher une aiguille dans une meule de foin. Remuer Paris et Navarre sans aucun indice pour les retrouver paraissait complètement insensé. Pourtant, j'étais persuadé que rien n'arrêterait Elise tant que nous ne les aurions pas débusqués. La demoiselle sortit quelque menue monnaie de sa poche et l'échangea contre un exemplaire de la Gazette. Je demeurai étonné que quelqu'un de sa condition lise de manière aussi fluide, mais ne posai plus de question.

Nous nous assîmes un instant pour feuilleter le journal dont l'impression maladroite ne rivalisait pas avec la presse de mon époque. Dehors, la journée s'annonçait ensoleillée, même si les premiers frimas de l'automne me faisaient frissonner. Ou peut-être était-ce la perspective de nous retrouver encore dans des situations extrêmes.

Soudain, Elise se retourna. Quelqu'un venait de lui toucher l'épaule…

10.

– Elise tu es là, enfin ! Je te cherche depuis hier.

Derrière nous, un imposant gaillard qui, à vue de nez, ne devait pas dépasser la vingtaine d'années, nous dévisageait, tout essoufflé. Il portait une veste bleu roi sur une chemise blanche bouffante, parée de boutons dorés. Ses jambes étaient recouvertes d'un large pantalon rouge et ses pieds de bottes élégantes et récemment lustrées. Je devinai qu'il n'avait pas déniché son costume dans une boutique destinée au peuple.

– Charles ! Que fais-tu là ?

– Je suis passé chez toi hier soir, mais tu n'y étais pas. Tes parents ont été enlevés.

– Ce n'est pas une nouvelle, rétorqua Elise. Je m'en serais doutée. Si tu voyais le désordre qu'ils ont mis dans la maison.

– C'était la garde royale. Ils les ont emmenés tandis que j'arrivais d'en face. Ta mère criait.

– Maman !

– Ne t'inquiète pas, je ne pense pas qu'ils leur aient fait du mal.

– Nous sommes allés à la Conciergerie, ils n'y étaient pas.

– Vous avez réussi à pénétrer dans la prison ?

– Un jeu d'enfant !

Le jeune homme imagina un instant nos folles péripéties avant de se ressaisir :

– Les soldats étaient mandatés. J'en suis certain.

– Mais pourquoi ?

– D'après ce que j'ai entendu, ils semblaient vouloir obtenir des informations sur qui tu sais.

Qui tu sais ?

Elise m'avait donc caché des choses, mon intuition ne m'avait pas fait faux bond. Elle en savait bien plus que ce qu'elle avait voulu dévoiler.

– Et qui est *qui tu sais* ? intervins-je alors.

Au regard que le jeune homme porta sur moi, je sentis qu'il était préférable de me taire pour le moment. Aussi, je ne prononçai plus un seul mot tant qu'il nous honora de sa présence.

Ils devisèrent tous les deux pendant quelques minutes, évoquant des noms que je ne connaissais pas comme Philippe, Cromwell, Gaston ou encore le duc d'Enghien. Certainement des frondeurs, comme eux. Ce qui me tourmentait, c'était que ce jeune Charles ne ressemblait pas à un homme du peuple. Quel lien Elise pouvait-elle avoir avec des personnes d'une autre condition qu'elle ? A moins que... Je n'eus pas le temps de pousser la réflexion car le jeune Charles prit congé de nous, ou plutôt devrais-je dire d'Elise. En effet, il ne m'adressa plus la parole après mon intervention qui devait manquer de discrétion à son goût. Je le regardai s'éloigner, tandis qu'Elise restait songeuse.

– Peux-tu enfin dire ce qui se passe ? demandai-je d'un ton sec que je ne me connaissais pas.

– La situation est plus complexe qu'elle n'en a l'air.

– Sans blague !

Des larmes perlèrent sur son visage, si bien que je me refusai de lui en demander davantage. La jeune fille assurée et audacieuse était submergée par ses émotions. Tout ce qu'elle avait enfoui depuis la veille ressortait de manière exacerbée.

Ce fut elle qui brisa le silence au bout de quelques minutes :

– Je n'ai pas été complètement honnête avec toi, Amédée. J'en suis désolée.

– J'avoue que je ne comprends pas bien.

– J'ai voulu te protéger, il était inutile que tu prennes trop des risques.

Trop de risques ? Imaginait-elle que la visite de la Conciergerie ressemblait à une promenade de santé ? Si tel était le cas, je me demandais bien ce qui pouvait être pire. Je me gardai toutefois de lui en faire la remarque pour ne pas aggraver son état.

– Je ne suis pas celle que tu crois.

Tout cela paraissait fort limpide à mes yeux... Pourquoi usait-elle autant de périphrases évasives et ambiguës ? La vérité était-elle si terrible ? Elle rassembla son courage et finit par m'avouer :

- Je suis... la petite-nièce de Condé.

La petite-nièce de Condé ?

Le grand Condé ? Le chef de file de la Fronde des Princes ? Comme si elle devinait mes pensées, elle hocha la tête en signe d'acquiescement.

Les pièces du puzzle se mirent en place progressivement. Ainsi, elle n'appartenait pas au peuple, comme sa famille aimait à le faire croire. C'était la raison pour laquelle elle savait lire. Et si elle connaissait autant d'informations sur le fonctionnement de la Conciergerie, c'est que son statut lui permettait d'en recueillir facilement. Je demeurai coi devant un tel aveu, puis brisai enfin le silence pesant qui nous entourait :

– Mais alors ta maison, tes parents ?

– Ils ont voulu infiltrer le peuple pour les aider à se rebeller et vaincre le pouvoir en place.

– Et Charles, qui est-il par rapport à toi ?

– Un cousin.

Mon visage s'assombrit, et j'ajoutai, penaud :

– Je n'ai donc rien à faire à tes côtés, je ne suis pas de ton rang !

– Ne sois pas bête, imbécile ! Tu ne connaissais pas mon identité hier, mais cela ne m'a pas empêchée de t'aborder. Et puis, toi non plus, tu n'es pas vraiment celui que tu prétends être, n'est-ce pas ?

Elle avait visé juste. Je m'abstins toutefois de lui répondre car ma situation dépassait largement le cadre de ce qu'un être humain était en mesure d'entendre et d'accepter. Une chose était certaine : la situation paraissait plus complexe et inextricable qu'avant ces révélations. Pour autant, je sentais qu'Elise reprenait confiance peu à peu. La visite de son cousin l'avait bousculée, mais lui avait ouvert les yeux. Je sentais qu'elle retraçait dans sa tête le fil des événements et ne l'interrompis pas.

Au bout de quelques minutes, elle se redressa et ses yeux pétillèrent à nouveau :

– Je sais où sont mes parents ! Pourquoi n'y ai-je pas songé plus tôt ?

– Vraiment ? répondis-je, excité.

– Oui. Réfléchis : si tu étais en mesure de révéler des informations sur un élément clef de la situation, si à toi seul tu détenais des données qui pourraient renverser le cours de l'Histoire, que ferait-on de toi ?

– On m'emprisonnerait pour que je ne les révèle pas. Mais nous avons déjà visité la prison. A moins qu'ils ne soient enfermés dans une autre...

– Es-tu certain de ta réponse ?

– Je... je n'en vois pas d'autre, bégayai-je.

– Eh bien moi, je suis certaine qu'on essaierait de te faire parler.

– Par la torture ? répondis-je, horrifié.

Je m'imaginais déjà en supplicié, attaché à une roue et torturé pour que j'accepte de parler, ou encore écartelé sur une planche jusqu'à ce que la douleur précipite mes aveux. Pris de panique, je ressentis quasiment la douleur qu'on m'infligerait en pareille situation. Il était clair que mon imagination, que le cinéma avait largement alimentée, ne me faisait pas défaut.

Pendant que j'appréhendais le pire, Elise s'amusait de ma repartie. Elle me rassura heureusement assez vite :

– La torture existe, bien sûr, mais quel serait l'intérêt d'attiser encore davantage les foudres des

Princes ? Le pouvoir est presque rétabli, il serait idiot de repartir en guerre. Et puis, Charles vient de m'apprendre que Gaston d'Orléans, l'oncle du roi, a obtenu l'amnistie générale des frondeurs.

– Qu'est-ce que ça veut dire ?

– Que les frondeurs ne seront pas poursuivis par l'Etat pour leur opposition au pouvoir.

Je devinai que ces propos émanaient de la version officielle. Je n'étais pas certain que le futur roi n'en garde pas rancune. Comment un enfant pourrait-il donner son pardon à ceux qui l'ont exilé et malmené pendant plusieurs années ? Si je me souvenais bien de mes cours, Louis XIV n'était réputé ni pour sa clémence, ni pour sa bienveillance. D'ailleurs, je m'amusais quand un camarade essayait de négocier auprès de notre professeur de mathématiques un report d'interrogation écrite et qu'il répondait invariablement *« L'Etat, c'est moi ! »* en plagiant les propos du roi. Ce que je ne comprenais pas était l'ardeur que continuait à mettre Elise dans le collage d'affiches et autres actions d'éclat, alors que la situation était désespérée...

– Quelle alternative proposes-tu ? repris-je.

– Disons que, si je voulais connaître tes intentions, c'est en t'amadouant que j'essaierais de te faire parler. Et où t'emmènerais-je, à ton avis ?

– Je ne sais pas...

La confusion m'empêchait d'être lucide, si bien que la demoiselle poursuivit et répondit d'elle-même :

– Au Palais du Louvre ! Là où le roi devrait bientôt rentrer, si les données qu'on m'a communiquées sont exactes.

– Et le duc d'Enghien, dont te parlait ton cousin, qui est-il ?

– C'est l'un des titres de Condé, il est aussi duc d'Enghien.

Pas totalement convaincu par les propos de la jeune fille, je continuai à me montrer incrédule. Quelques maillons ne trouvaient pas leur place dans toute cette histoire et il me fallait les relier :

– Et ta maison ? Tout a été retourné, sens dessus dessous.

Elise m'expliqua que c'était pour donner le change. L'Etat savait pertinemment que ce logement n'appartenait pas à ses parents, même si quelques objets avaient une valeur affective inestimable pour eux.

– Tu parles de la médaille de ta mère ? l'interrompis-je.

– Entre autres, oui. Mais c'est un détail.

La garde royale avait tout saccagé pour terroriser le peuple et tous les témoins de leurs actes. Au moins, chacun se tiendrait tranquille pour ne pas subir les mêmes dommages.

A la fin de cette explication, je compris plus précisément ce qui animait l'Etat. Un détail cependant me turlupinait :

– Qui est représenté sur cette médaille ? Ce n'est pas ton père, j'imagine.

– Non, en effet. C'est un cadeau de son oncle, Condé. D'ailleurs, c'est son portrait qui est gravé dessus. Il ne doit pas tomber entre de mauvaises mains.

– Je comprends mieux pourquoi tu l'as récupéré aussi vite hier. Tu ne voulais pas que je fasse le lien avec lui...

– Mais tu es allé plus vite que moi et tu as vu ce qui était gravé.

– Oui, mais j'ignorais de qui il s'agissait.

Elise sortit le petit médaillon de sa poche et le posa avec sa chaînette dans le creux de ma main. A présent, je pouvais l'observer dans les moindres détails. Condé ressemblait aux peintures des rois de France que l'on trouvait dans les livres d'histoire, avec ce nez très particulier qu'on a qualifié de « bourbonnien » parce que les membres de la famille royale des Bourbons en étaient dotés. D'un geste, la jeune fille referma ma main et m'invita à conserver ce bijou. C'était sans doute sa manière de me remercier pour tous les risques que je prenais pour sauver sa famille.

Je rangeai précieusement celui-ci dans ma poche de pantalon, gardai la main sur lui pendant quelques instants, tandis qu'un vacarme émanait d'une rue adjacente.

11.

Les gens se massaient de part et d'autre de la rue qui jouxtait la place que nous venions à peine de quitter. Elise et moi jouâmes des coudes pour nous frayer un chemin au milieu de la foule. Notre petite taille nous permit rapidement d'occuper le premier rang, mais nous fûmes bousculés par tous ceux qui occupaient les places en retrait.

Au milieu des acclamations qui résonnaient de tous côtés, je crus défaillir et pestai contre mes oreillettes qui avaient disparu dans l'espace-temps. Au loin, nous aperçûmes un cortège flamboyant qui avançait à petite vitesse.

Au fur et à mesure qu'il approchait de nous, nous découvrîmes les acteurs de ce spectacle. A sa tête, un jeune adolescent hissé sur un cheval blanc se pavanait avec supériorité.

– Regarde, m'interpella Elise, c'est le roi Louis !

– Louis XIV ?

– Mais oui !

Ainsi, le destin me permettait de croiser le futur roi soleil ! A cause de son jeune âge, il ne ressemblait pas aux représentations que j'avais rencontrées dans les livres. En somme, il était encore un enfant, comme moi, mais sa destinée ne ressemblait en rien à la mienne.

Je fus subjugué par cet instant hors du temps. La ferveur alentour grandissait. Le jeune monarque portait une cuirasse étincelante et un casque surmonté d'énormes plumes d'apparat. Fier, il toisait la foule qui l'encerclait. Je crus un instant que son regard se portait sur Elise, avant qu'il ne poursuive tranquillement son chemin.

A l'arrière, une calèche tirée par des chevaux suivait le chemin emprunté par le roi. A l'intérieur, une dame de la haute noblesse, certainement sa mère, saluait la foule. De ce que je pus apercevoir, elle portait une large robe en tissu bleu paon brodée de motifs dorés. Sur le haut de son buste et ses épaules, force rubans, perles et dentelles étaient accrochés.

– Voilà Anne d'Autriche, me confirma mon amie. C'est sa mère.

– Et Mazarin ? demandai-je.

– D'après ce que j'ai entendu dans la foule, il serait encore en exil. Je ne pense pas que son arrivée serait acclamée de la sorte !

Le cortège s'éloigna triomphalement en direction du Louvre. Nous tentâmes un instant de le suivre, mais les gens agglutinés nous empêchaient de progresser.

Un peu plus loin, sur une place moins bondée, nous retrouvâmes son cousin Charles.

– Je me doutais que vous seriez par ici ! nous apostropha-t-il.

– Tu en sais plus ? questionna Elise.

– Louis et la reine rejoignent bien le Louvre, tandis que le cardinal attend encore en province.

– En même temps, on n'en doutait pas ! plaisanta la demoiselle.

– Je sais. Bon, j'ai quand même deux mauvaises nouvelles à vous annoncer.

Vous ? Charles serait-il devenu plus aimable tout à coup ? Effectivement, j'eus cette fois-ci l'impression d'exister à ses yeux. Mais le temps n'était pas aux rancœurs et nous devions avancer. Elise l'invita à nous dévoiler ce qu'il avait appris.

– La première nouvelle, c'est que Gaston d'Orléans va être exilé sur-le-champ.

– Gaston d'Orléans ? Celui qui a fait amnistier les frondeurs ?

– Oui. Autant vous dire que l'amnistie ne va pas durer des lustres....

– Qu'est-ce que je te disais ? me susurra mon amie. Aussitôt la trêve passée, les frondeurs ne seront plus en odeur de sainteté à Paris. Nous avons intérêt à retrouver mes parents avant que l'Etat ne se charge de leur sort.

J'opinai du chef pour valider ses propos, tandis que Charles poursuivait sa liste de déconvenues :

– Quant à Condé, il est parti depuis une dizaine de jours avec ses troupes aux Pays-Bas espagnols. Cela m'étonnerait qu'il rentre avant des mois, voire même des années.

– Ça, je le savais déjà !

En entendant ces dernières paroles, je révisai un instant ma géographie. Les Pays-Bas et l'Espagne ne possédaient aucune frontière commune puisqu'ils étaient situés respectivement au nord et au sud de la France. Même si les limites de notre pays ne ressemblaient pas exactement à celles de mon époque (le nord et l'est de la France étaient largement amputés de leurs territoires actuels), tout cela me semblait étrange. J'interrogeai Elise qui me répondit sans jugement :

– Une petite partie des Pays-Bas est rattachée à la couronne espagnole. Le pays sort de quatre-vingts ans de guerre et plusieurs provinces du nord ont retrouvé leur indépendance.

– Alors, pourquoi Condé est-il parti là-bas ?

– Pour combattre contre la France. Autant te dire qu'aux yeux de Louis, c'est une belle provocation de sa part !

Sans attendre ma réaction, Charles avait pris congé de nous et s'était évaporé au milieu de l'extase générale. Elise m'entraîna dans de petites ruelles escarpées pour contourner la foule et rejoindre le palais du Louvre. Je remarquai que des immondices jonchaient toujours le sol, mais je m'étais habitué aux effluves nauséabonds qui nous entouraient et n'en souffrais quasiment plus. En revanche, je ne m'habituais toujours pas aux bruits incessants du tumulte parisien.

En chemin, ma camarade m'avoua que le rôle de Condé avait été ambigu depuis le début de la Fronde. Soutien indéfectible du futur roi et de la famille royale dès le début de la révolution, il avait finalement rallié le parti opposé en 1649. Son opposition à Mazarin qui, d'après lui, avait usurpé son titre, ne cessa de grandir. Elise et sa famille l'avaient suivi dans ses choix, et c'est ainsi qu'ils étaient devenus de fervents détracteurs du régime, au point de renier leur condition le temps du conflit.

– Et où habites-tu réellement ? demandai-je.

– De l'autre côté de l'île de la Cité, à l'hôtel de Condé.

– Vous vivez à l'hôtel ? m'étonnai-je.

– Bien sûr ! C'est là qu'habitent les membres de la famille royale.

Je compris vite ma méprise. A cette époque, les demeures des familles royales portaient le nom d'hôtels. C'est pour cela que de nombreux bâtiments parisiens gardaient encore ce titre.

– Et quel est votre lien avec le roi ?

– Condé est son petit-cousin, je crois. Ce qui fait de moi, euh...

– Une arrière-petite-cousine ?

– Ça doit être ça... Je t'avoue que je ne suis pas très douée en généalogie !

En pleine conversation, nous ne nous aperçûmes pas que nous venions d'atteindre l'entrée du palais du Louvre. Un garde nous barra le passage et nous intima l'ordre de nous reculer, ce à quoi nous obéîmes sans broncher. Nous étions déjà passés la veille devant ce bâtiment, mais je m'étais davantage attardé sur celui d'en face qui abritait le théâtre du Petit-Bourbon.

Le palais n'avait pas encore subi toutes les phases d'amélioration que je lui connaissais. Depuis les quais, un mur d'enceinte surmonté de quelques maisons à colombages entourait les différentes ailes. Ce vestige de l'époque médiévale rappelait que le palais avait servi de forteresse quelques siècles plus tôt.

L'ensemble paraissait moins imposant qu'au vingt-et-unième siècle, mais sa taille était déjà impressionnante. J'appris bien plus tard que, peu de temps après notre passage, la famille royale s'était inspirée de l'architecture italienne pour agrémenter les façades mais surtout les appartements royaux et la chapelle. Je détournai mes yeux de la façade pour interroger Elise :

– Comment comptes-tu t'y prendre ?

– Je n'en sais rien, mais pas de la même manière que la dernière fois !

Je fus rassuré que mon amie devienne raisonnable. Nous avions déjà risqué notre vie à la Conciergerie, il paraissait inutile de surenchérir au Louvre car la chance finirait par tourner en notre défaveur. Cependant, c'était mal la connaître :

– On pourrait escalader les murs ?

Une bouffée de chaleur s'empara de moi, avant que je ne parvienne à aligner quelques mots :

– Tu plaisantes, j'espère ?

– Oui ! répondit-elle en se moquant de moi.

La belle avait percé à jour mon fonctionnement et savait précisément comment activer mes émotions. Elle s'amusa un moment de ma réaction, avant de reprendre sur un ton plus sérieux :

– J'ai ma petite idée. Suis-moi...

12.

Elle ne me laissa pas le temps de réagir et m'emmena en trottinant dans un dédale de rues que nous n'avions pas encore traversées. Il était inutile de chercher à l'interroger sur notre destination car, à cet instant précis, sa détermination avait dépassé sa raison. Nous traversâmes à nouveau le Pont Neuf mais cette fois nous dépassâmes l'île de la Cité. Nous nous retrouvâmes dans le quartier de Saint-Germain-des-Prés que je reconnus car Elise m'indiquait de loin l'abbaye du même nom. Nous bifurquâmes dans une rue située sur notre droite.

Au bout d'un dizaine de minutes de marche, nous arrivâmes devant un imposant bâtiment et pénétrâmes à l'intérieur par la grande porte. Il avait suffi à Elise de se montrer aux gardes en faction devant l'entrée pour qu'on nous autorise le passage. Nous rejoignîmes une immense cour encadrée par de magnifiques bâtiments répartis en trois ailes. L'ensemble semblait à la fois sobre par ses lignes droites, et sophistiqué par les nombreuses statues qui ornaient les murs, à chaque entrefenêtre du premier étage. Je demeurai figé devant une telle bâtisse.

– Où sommes-nous ?

– Dans la demeure familiale, à l'hôtel de Condé. C'est modeste, mais on s'y sent bien, répondit la demoiselle.

Les lieux tranchaient cruellement avec la vétusté des taudis populaires que nous avions quittés. L'opulence semblait être le maître mot de ce domaine. Ainsi, c'est là qu'habitait réellement mon amie. J'en restai stupéfait et intimidé.

– Quel est ton plan ? demandai-je enfin.

– Nous allons changer de tactique et entrer dans leur jeu. Nous allons leur livrer Condé sur un plateau.

Elle ne m'en dit pas plus pour le moment. Ce dont j'étais certain, c'était que le procédé serait différent, mais tout autant aventureux que le précédent, à mon grand désespoir.

– Tu veux vraiment livrer Condé ?

– Disons que nous allons les aiguiller vers une piste... tout en évitant de sacrifier le sens de la famille.

Depuis le début, je comprenais mal le rôle de Condé pendant la Fronde. Pourquoi s'était-il exilé alors que le roi avait déserté Paris ?

– A vrai dire, Condé a lui-même fait ce qu'il reprochait à Mazarin, répondit Elise qui devinait mes pensées.

– C'est-à-dire ?

– Après avoir été un fervent soutien au régime durant la première période de la Fronde, il s'est ensuite opposé au cardinal et a repris de force l'hôtel de ville. Puis, il s'est autoproclamé commandant en chef de l'armée. Autant te dire que cela n'a pas plu à tout le monde, qu'on soit membre de la noblesse ou du peuple.

– Et pourquoi l'as-tu suivi s'il s'est montré à ce point détestable ?

Elle m'expliqua alors qu'elle restait toujours fidèle à sa famille, même si Condé ne lui inspirait finalement que du mépris. Mais elle avait surtout profité de son pouvoir pour combattre Mazarin qui était le premier traître aux yeux de tous. Se mêler au peuple lui avait permis de comprendre ses difficultés au quotidien et d'essayer de changer le regard que les nobles portaient sur eux.

– Vaste programme ! ironisai-je.

– Mes parents sont profondément humains, ajouta-t-elle pour se disculper. Ils n'ont pas cherché à jouer double jeu en se mêlant à la foule. Ils ont voulu ressentir le malheur de tout leur être.

– C'était tout de même intéressé de leur part...

Jamais je n'aurais cru que des nobles puissent se soucier des affres du petit peuple. Plus j'avançais dans cette époque et plus ma vision catégorique des événements s'effondrait. L'Histoire ne se résumait pas à monde manichéen, un monde de conte de fées où les gentils restaient gentils et les méchants demeuraient méchants. Condé avait basculé d'un côté puis de l'autre, tandis qu'Elise et sa famille avançaient sur un fil instable. Et moi, je la suivais aveuglément depuis le début, j'étais devenu le jouet de plusieurs destins, et surtout du mien.

Elle me sortit de mes pensées et me rappela que sa priorité était de libérer ses parents. J'opinai du chef pour approuver. J'avais été investi d'une mission intertemporelle et il me fallait la mener à son terme, du moins si j'en étais capable. Condé et Mazarin n'avaient qu'à bien se tenir !

– Allez, viens avec moi, m'interpella Elise. Nous n'avons pas une minute à perdre !

Je la suivis de bonne grâce. Nous entrâmes par une porte de l'aile gauche et nous retrouvâmes dans un vaste hall aux couleurs chatoyantes. Nous empruntâmes un grand escalier qui desservait les deux étages et aboutîmes dans une antichambre parée de tissu vert et de rideaux aux motifs floraux et aux embrasses dorées. Elle ouvrit une grande armoire en bois massif dont les moulures étaient apparentes.

L'intérieur ressemblait au dressing des chanteuses à succès qui étalaient leur vie dans la presse à scandale : des robes par dizaines étaient pendues, tandis que des tas de paires de chaussures s'étalaient en bas, sur toute la longueur du meuble. On aurait pu croire qu'il s'agissait d'un magasin de costumes de princesses ou de marquises : les tissus de soie étaient ornés de passementeries délicates, des perles et des pierres décoraient les tenues et de la dentelle d'une finesse extraordinaire et presque vaporeuse était placée çà et là. Les jupons côtoyaient des corsets, les manteaux faisaient de l'ombre aux rubans, étoles et colliers.

– Laquelle préfères-tu ? m'interrogea Elise en désignant les robes.

– Tu ne comptes quand même pas me déguiser ?

– Mais non, idiot, c'est pour moi. De toute façon, elles seraient trop petites pour toi !

– Tu m'as fait une sacrée peur !

– Une de plus ! se moqua-t-elle gentiment.

Du doigt, j'indiquai une robe plutôt sobre, comparée aux autres. De tissu gris luisant, elle ne comportait aucun motif mais présentait des manches bouffantes ornées de dentelle.

– Très bon choix ! m'encouragea-t-elle. C'est ma préférée.

– On dirait que tu vas jouer dans un film d'époque.

La demoiselle ne releva pas cet anachronisme, trop occupée à sortir sa tenue de l'armoire.

– Elle est discrète, mais très élégante, tu ne trouves pas ?

Discrète n'est pas le mot que j'aurais employé, mais la mode a ses raisons que son époque ignore... Sans pudeur aucune, Elise ôta ses fripes pour enfiler sa nouvelle tenue. En un instant, la pauvre Cendrillon se transforma en princesse étincelante. De la chrysalide sortit un magnifique papillon ! La forme de la robe dégageait son cou et laissait apparaître au bas des manches de frêles avant-bras aussi pâles que de la porcelaine. Tandis qu'elle entrait son pied dans une fine chaussure, je m'imaginais qu'elle essayait la pantoufle de vair d'un prince.

Elle attacha une parure de perles puis m'invita à la suivre dans sa chambre où elle s'assit devant le miroir de sa coiffeuse. Là, elle sortit une brosse et démêla son imposante tignasse rousse. Des boucles régulières se répartirent de chaque côté de son visage. Seule une fine mèche rebelle refusait de se ranger. Je la pris délicatement entre mes doigts pour la coincer à l'arrière de son oreille et ressentis, à cet instant, un émoi incroyable.

Je n'eus pas le temps de reprendre mes esprits qu'elle m'entraînait hors de la chambre jusqu'au rez-de-chaussée. Nous traversâmes d'abord une vaste galerie décorée d'imposants portraits. Mon regard fut attiré par l'un d'entre eux : une jeune demoiselle aux boucles rousses semblait nous observer de son air espiègle. Lorsqu'Elise passa devant celui-ci, j'eus l'impression que le personnage venait de jaillir hors de son cadre et que la peinture prenait vie. Son corps en relief se détachait du décor composé par le peintre. Mon amie portait dans ce tableau la même tenue que celle que je lui avais choisie. Interpellée par mon trouble, elle me demanda :

– Tu n'as pas de peinture de toi dans ta demeure ?

– Pas exactement. Nous n'avons que des petites photos dans des cadres accrochés au mur.

– Des photos ?

– C'est le nom que nous donnons à nos portraits, répondis-je de manière évasive.

Nous quittâmes la salle et atteignîmes un quartier bien plus modeste, dans lequel les murs de pierre étaient recouverts de chaux. Nous traversâmes les cuisines où la maîtresse des lieux, assise à table, épluchait des légumes pendant qu'une marmite bouillait sur un feu. Elle nous salua avec respect et poursuivit son ouvrage.

Dans la pièce suivante, nous croisâmes un domestique qui baissa la tête pour nous signifier son respect. Elise lui sauta quasiment au cou et lui chuchota à l'oreille quelques mots que je ne parvins pas à distinguer.

Aussitôt, l'homme nous invita à le suivre et nous entrâmes dans une espèce de vestibule où chaque employé pouvait déposer ses effets personnels. Le serviteur, qui se prénommait Alphonse, sortit d'un placard une tenue identique à la sienne et l'installa comme une toise à côté de moi. Peu satisfait, il en attrapa une seconde et répéta les mêmes gestes.

– Celle-ci m'a l'air parfaite ! jubila mon amie. On la prend !

– On la prend ? C'est-à-dire ? hasardai-je.

– Cette tenue siéra merveilleusement à Monsieur, répondit Alphonse avec déférence.

– Désormais, tu seras mon domestique privé, se réjouit la belle.

Je supposai que je n'avais pas le droit de répliquer et acceptai mon sort sans broncher. Alors qu'Alphonse prenait congé de nous, Elise s'occupa de moi comme un enfant de sa poupée. Elle m'invita à enfiler la tenue de laquais et ajusta les plis afin qu'elle paraisse taillée sur mesure.

– Tu es parfait ! annonça-t-elle enfin.

Je ressemblais davantage à un clown qu'à un serviteur et n'avais pas l'impression que cette livrée m'allait comme un gant. D'ailleurs, je me demandais si cette expression existait déjà...

– Peux-tu me dire pourquoi je suis accoutré de la sorte ?

– Patience, patience ! Je t'expliquerai dès que nous serons sortis. Pour le moment, nous allons nous sustenter un peu.

Avant de la suivre, je pris soin de vider de ma poche le médaillon de Condé qu'Elise m'avait offert, et le plaçai dans ma nouvelle tenue. Je considérais ce présent comme un porte-bonheur et je priais pour qu'il nous maintienne en vie pendant les folles aventures qui nous attendaient.

Nous retournâmes à l'office où la cuisinière découpait des tranches de lard et les plongeait dans le bouillon qui mijotait à présent. Elise attrapa une miche de pain et en préleva un morceau sous le regard sévère de l'employée qui semblait bien avertie de sa gourmandise.

– Mademoiselle, vous savez que j'ai besoin du pain pour accompagner la soupe.

– Oh, juste un morceau, Henriette ! Regardez, mon ami meurt de faim. Vous ne voudriez pas avoir sa mort sur la conscience, n'est-ce pas ? Il est si faible.

Que répondre à un tel numéro enjôleur ? Rien, et c'est ce que fit la cuisinière qui haussa les épaules et se concentra à nouveau sur son repas. Elise chipa deux pommes au passage et nous nous éclipsâmes de la maison. Une fois arrivés dans la cour, elle m'expliqua enfin son plan en détails :

– Cette fois, je ne vais pas leur mentir sur mon identité. Je vais demander audience en mon nom au roi et à la régente.

– Et moi dans tout ça ? Qu'est-ce que je fais ?

– Toi, tu me suis et tu ne parles pas.

– C'est le rôle de ma vie, si je comprends bien... répondis-je avec amertume.

– Tu seras au contraire très important. Tu te feras passer pour mon laquais. Pendant l'audience, tu seras congédié et c'est là que tu pourras intervenir.

– Je croyais que tu voulais échanger des informations contre leur libération.

– Oui, mais Anne d'Autriche est plus finaude que tu ne le penses. Elle ne me croira pas sans un gage de sûreté.

– Quel gage de sûreté ?

– Aucun ! C'est cela, l'astuce ! se félicita la demoiselle.

– J'avoue que je n'y comprends plus rien...

Elise avait l'intention de demander audience pour annoncer qu'elle savait où était caché Condé. Elle userait de sa repartie naturelle pour tourner autour du sujet un bon moment avant de distiller ses informations au compte-goutte. Sans mentir et naïvement, elle parlerait de son retranchement aux Pays-Bas espagnols, en guerre contre la France, de sa volonté de nuire à l'Etat, de son implication dans la Fronde.

Bien sûr, la reine connaissait déjà ces données et, à moins qu'elle soit d'excellente humeur, ne tarderait pas à expulser mon amie du palais. Pendant ce temps, il me *suffirait* d'écouter aux portes pour glaner quelques renseignements ou, dans le meilleur des cas, croiser d'autres domestiques plus loquaces qui ne se gêneraient pas pour m'indiquer où sont logés ses parents. *Un jeu d'enfant*, d'après Elise. Je fus alors habité par un sérieux doute…

13.

Quand nous arrivâmes pour la deuxième fois de la journée devant le palais du Louvre, beaucoup de gens s'affairaient à l'extérieur pour accompagner le retour du monarque et lui prodiguer leurs meilleures attentions. Hypocrisie et dévotion semblaient les maîtres mots des courtisans et favoris de la couronne. Deux piliers inébranlables. Finalement rien n'avait changé à notre époque car flatter l'ego d'autrui permettait souvent d'accéder à des privilèges insoupçonnés.

Les bruits de sabots, des fouets et des talons sur le pavé résonnaient depuis la cour intérieure. Mes oreilles bourdonnèrent et mon esprit se troubla. Si seulement j'avais pu récupérer des écouteurs pour surmonter ces désagréments ! Le dix-septième siècle était décidément fort bruyant, plus que je ne l'aurais imaginé.

En voyant la façade, je repensai aux bâtiments que je connaissais, ceux que j'avais parcourus en autobus avec ma classe l'avant-veille. Un pincement au cœur me surprit car, pour la première fois depuis mon voyage temporel, ma famille et mon collège commençaient vraiment à me manquer. Je n'appréciais pas particulièrement mes camarades, mais ce cocon dans lequel je grandissais et évoluais me semblait rassurant comparé à ce que je vivais depuis que j'avais atterri là.

J'en venais à relativiser mes petits malheurs et à les envisager comme secondaires vis-à-vis de la révolution dans laquelle j'évoluais. Mais je me demandais surtout comment j'allais pouvoir me sortir d'une telle situation.

– Amédée ! Dépêche-toi !

Je courus vers mon amie qui m'ordonna de marcher un peu en retrait pour éviter d'éveiller les soupçons sur notre complicité. Je devais jouer au domestique et, dans ce rôle, aucune familiarité n'était permise. J'obtempérai et la suivis jusqu'à la grille, le pas bien cadencé, les bras le long du corps et la mine grave. J'interprétais mon rôle à la perfection, du moins pour le moment...

Arrivés devant la grille, elle se présenta aux sentinelles qui, cette fois, la saluèrent avec déférence. Il faut dire que sa tenue actuelle ne ressemblait pas aux haillons qu'elle portait à notre précédente visite. Comme quoi, de tous temps, l'habit faisait le moine. Après quelques vérifications d'usage, nous fûmes invités à pénétrer les lieux.

Nous patientâmes un instant dans la cour, le temps qu'on nous introduise. Un homme d'une cinquantaine d'années à l'air strict et austère sortit du palais quelques minutes plus tard. Il s'avança vers nous et nous invita à le suivre. Son physique trapu le rendait presque plus large que haut. Sa tête était surmontée d'une perruque brune dont les boucles crépues encadraient son visage et en réduisaient la taille. Son costume luisant aurait paru élégant si les boutons de sa veste n'avaient pas tiré démesurément sur le tissu, à tel point qu'il semblait ne plus pouvoir respirer tant il était engoncé. A ses pieds, des rubans que je jugeai ridicules ornaient ses fines chaussures.

– Qui est-ce ? chuchotai-je à Elise. L'intendant de la cour ?

– Non, les intendants ont perdu leur place pendant la Fronde. Pour éviter d'embraser le peuple, Mazarin a suivi l'ordre de les révoquer.

J'avais appris en cours que les intendants occupaient une place importante au dix-septième siècle. C'étaient de hauts dignitaires qui s'occupaient des aspects administratifs du pouvoir royal. Finalement, j'en savais plus que ce que je voulais bien me l'avouer sur ce siècle que je découvrais en chair et en os. Moi, le rêveur, le distrait, celui qui n'écoutait jamais les cours, je remarquais que mon cerveau avait engrangé des données qu'il acceptait de diffuser au compte-goutte.

– Alors, qui est-ce ? ajoutai-je.

– Mais tais-toi donc ! Tu vas nous faire repérer.

Elle me devança pour reprendre son rôle, puis se recula pour me chuchoter à l'oreille :

– C'est l'un des favoris d'Anne d'Autriche, un de ses hommes de confiance si tu préfères. Maintenant, tais-toi !

Le regard noir qu'elle me lança m'ôta l'envie de la solliciter de nouveau. Nous déambulâmes dans les couloirs du palais, jusqu'à ce qu'on nous invite à patienter dans un salon décoré de tentures rubis.

– Je vais voir si Madame accepte de vous recevoir, nous informa notre hôte. Veuillez patienter un instant, je vous prie.

Je ne me fis pas prier et occupai un siège moelleux et confortable quand, une demi-seconde plus tard, une main attrapa mon bras et me souleva fermement.

– Qu'est-ce qui te prend de t'asseoir ?

– Il nous a invités à le faire.

– Moi, oui, mais pas toi. Ton rôle ne te permet pas de te reposer. Debout, fainéant !

Je sentis qu'Elise prenait un malin plaisir à me malmener et je protestai pour la forme. Après tout, ce rôle n'était pas si éloigné du mien : je n'étais qu'un pauvre gamin du peuple à côté de sa noblesse. J'obéis tout de même et nous patientâmes une bonne demi-heure. Mon amie se lamentait dans son fauteuil pendant que je faisais les cent pas dans la pièce. A travers la fenêtre, je distinguais la valse des calèches qui défilaient dans la cour. On apportait des meubles dont je devinais la valeur : tables, chaises, armoires... Les serviteurs s'affairaient deux par deux à emporter le mobilier à l'intérieur du palais, puis se retrouvaient quelques minutes plus tard en bas du perron pour recommencer la même manœuvre.

Elise, de son côté, ne semblait pas s'intéresser au monde qui l'entourait. Songeuse, elle était absorbée dans ses pensées.

Enfin, l'homme qui nous avait accueillis revint, l'air solennel :

– Sa majesté la reine ne souhaite pas s'entretenir avec vous.

– Pardon ? glapit Elise.

– Je suis désolé de vous avoir fait patienter. Je vais vous accompagner jusqu'à la sortie.

Faisant fi des bonnes manières, elle sortit de son rôle de jeune fille de la haute noblesse :

– Il n'en est pas question ! La reine sait-elle qui je suis ?

– Précisément, et c'est la raison pour laquelle elle ne veut pas vous recevoir dans son cabinet.

– C'est la meilleure ! Eh bien, nous ne bougerons pas d'ici.

– Je ne vous le conseille pas, Mademoiselle. Cela ne jouerait pas en votre faveur. Vous risquez d'attiser son courroux.

Elise s'apaisa et fit mine de se lever sagement pour le suivre. Je m'approchai d'eux quand elle bouscula l'homme, m'attrapa par la manche et m'obligea à la suivre à toutes jambes. Nous ouvrîmes la porte située au bout du salon et nous courûmes le plus vite que nous pûmes. Derrière nous, j'entendais notre hôte qui nous poursuivait. Pestant et haletant, il gagnait peu à peu du terrain. Il tenta d'alerter la garde, mais dut reprendre son souffle, si bien que sa voix fut étouffée.

Le jeu dura quelques minutes durant lesquelles nous déambulâmes dans un dédale de passages et d'escaliers. Heureusement, les couloirs que nous traversions étaient déserts, et l'état de santé de notre hôte ne lui permit pas de rivaliser avec la jeunesse de nos jambes. Son embonpoint et son costume trop petit devaient l'empêcher de se mouvoir correctement. Nous parvînmes à le distancer un peu et bifurquâmes dans une pièce sur la droite, tandis qu'il n'avait pas dépassé l'angle du couloir précédent. Nous fûmes aussitôt plongés dans le noir et je poussai discrètement la porte pour la refermer. Nous collâmes notre oreille contre celle-ci et entendîmes l'homme qui traînait la patte et appuyait par à-coups sa main sur le mur du couloir pour éviter de chanceler.

Le silence emplit les lieux. Nous n'entendions que les battements de notre cœur.

– On l'a échappé belle ! me chuchota Elise.

– Oui, j'en ai encore le souffle coupé.

– Un peu plus et nous finissions au cachot !

Ses paroles me firent frissonner.

Une minuscule source de lumière forma alors comme un halo au-dessus de nos têtes. La pièce que nous avions cru vide ne l'était de toute évidence pas. Inquiets, nous nous retournâmes et aperçûmes une forme qui nous observait, un chandelier à la main...

14.

Nous ne devinâmes pas tout de suite qui était cette silhouette vaporeuse évanouie derrière la fumée de la bougie.

Tout ce que nous parvenions à distinguer, c'est qu'elle était sensiblement identique à la nôtre.

Un frisson me parcourut l'échine, saisi par un mauvais pressentiment. Des pas lourds et appuyés se rapprochèrent, ponctués de claquements réguliers de talons. L'ensemble résonnait dans le silence de la pièce. Je perçus un souffle à deux pas de moi, et le visage de notre hôte s'éclaira à la flamme de la bougie.

Un enfant !

Soulagé, je respirai profondément. Un enfant ne pourrait pas intenter grand-chose contre nous, d'autant plus que nous avions sensiblement le même âge et qu'un esprit de camaraderie devrait prévaloir sur le reste.

Tandis que je me détendais, je devinai qu'Elise restait figée d'effroi. Sa peau frôla la mienne et je sentis une pellicule de sueur sur ses avant-bras. Son corps s'évanouit prestement à mes pieds. Je tentai de la retenir, quand je m'aperçus qu'elle n'était pas tombée, mais avait engagé une révérence. Sa tête rejoignit presque le sol, et ses mains relevèrent les pans de sa robe.

Très vite, elle m'attrapa pour que je l'imite, ce à quoi j'obéis sans tarder.

– Alors comme cela, vous jouez au chat et à la souris ? s'amusa l'adolescent.

– Sire, nous cherchions simplement à nous entretenir avec Sa Majesté votre mère, mais elle a refusé de nous recevoir.

Je compris enfin que c'était au roi Louis XIV que nous faisions face ! J'en fus particulièrement ému car, même si nous appartenions au clan rival de la couronne, ce monarque restait le plus célèbre de nos cahiers d'Histoire.

– Mère doit sans doute avoir de bonnes raisons de ne pas vous rencontrer, Mademoiselle Condé. Vous savez très bien que votre famille n'est pas en odeur de sainteté dans ce palais. Votre grand-oncle nous a fait beaucoup de mal.

– Justement, nous voulions indiquer à votre mère où le trouver. C'est un traître pour nous aus...

– Ne nous croyez pas si naïfs, Mademoiselle. Nous savons très bien où vous habitez, qui sont vos parents et quels actes vous avez commis pour faire tomber notre bien-aimé cardinal Mazarin.

Pendant cet entretien dont la solennité tranchait avec l'atmosphère plutôt intime des lieux, je tâchai de ne pas intervenir, certain de faire péricliter les plans de mon amie si je parlais trop. J'inspectai plutôt les lieux, toujours à moitié courbé et, plus habitué à l'obscurité, je découvris que nous avions pénétré dans la chambre du roi. L'espace paraissait plutôt vide, c'était sans doute la raison pour laquelle les serviteurs apportaient depuis tout à l'heure de nombreux meubles au palais.

– Relevez-vous, nous ordonna le roi.

Nous nous exécutâmes instantanément.

– Je vais voir si je peux faire quelque chose pour vous. Demeurez là un instant.

– Nous louons la bienveillance de Votre Majesté, conclut mon amie.

Leur conversation avait dû m'échapper un moment, perdu que j'étais à observer les alentours. Comment Elise était-elle parvenue à retourner la situation pour que le jeune Louis accepte de plaider en notre faveur auprès de sa mère ? Je n'obtins pas la clef de ce mystère car la demoiselle m'adressa un simple clin d'œil complice en guise d'explication. Aucun de nous n'émit le moindre son en l'absence du roi. Nous croisions les doigts pour que la reine accepte de nous entendre et de libérer les parents d'Elise en échange d'informations plus ou moins honnêtes sur la situation géographique et le dessein de Condé.

Après quelques instants d'attente, nous entendîmes des bruits de pas dans le couloir, associés à un tintement que nous ne parvînmes pas à identifier. Notre excitation atteignit son comble quand la poignée de porte s'ébranla. Quatre gardes nous entourèrent promptement et nous tinrent en joue. Leur regard féroce et leurs armes acérées n'autorisèrent aucune tentative d'évasion cette fois-ci.

Le roi leur ordonna de nous emmener sur-le-champ. Nous n'avions pas d'autre option que de les suivre. Je me retournai et aperçus, sur le seuil de sa chambre, Louis qui nous regardait nous éloigner avec un air satisfait. Comment avions-nous pu croire qu'il serait enclin à nous amener jusqu'à sa mère ? Son amertume pour les frondeurs n'était pas une légende et je pris peur pour mon avenir, ou plutôt mon passé... Enfin, je ne savais plus réellement qui j'étais, ni où je me trouvais. Ce que j'appréhendais le plus, c'était de mourir avant qu'un soupçon de vie n'ait été porté dans le ventre de ma mère. Je songeai à ma famille qui devait pleurer mon absence. Et s'ils ne s'étaient pas aperçus que je n'étais pas rentré de mon voyage scolaire ?

Pendant que mes pensées vagabondaient, les gardes nous amenèrent devant une porte située dans l'aile gauche du palais. Ils nous intimèrent l'ordre de rentrer, nous bousculèrent quelque peu et refermèrent la porte à clef une fois que nous nous trouvâmes à l'intérieur. Par la serrure, nous vîmes que l'un d'entre eux était resté de faction devant l'entrée pour éviter que nous nous échappions.

Là, nous parcourûmes du regard la pièce qui nous entourait. L'intérieur ne ressemblait en aucun point à la geôle que j'avais eu la mauvaise chance de visiter la veille. Nous avions atterri dans un petit salon d'apparat encore en travaux. Si l'on exceptait le manque de décoration et l'absence de tentures, l'ensemble paraissait agréable. Dans cette pièce, deux fauteuils recouverts de coussins moelleux avaient été disposés autour d'un guéridon circulaire en bois travaillé et vernis. Une corbeille garnie de fruits du verger attendait que nos estomacs affamés la dévorent, tandis qu'une carafe d'eau avait été amenée pour étancher notre soif. Décidément, nous étions plutôt bien traités pour des captifs. Le centre pénitentiaire du Louvre décrocherait à coup sûr trois étoiles au guide des meilleurs gîtes de France !

Je laissai là mes considérations matérielles, et m'occupai d'Elise qui recouvrait enfin l'usage de la parole :

– Jamais je n'aurais dû accorder ma confiance au roi ! maugréa-t-elle. C'est un traître !

– C'est vrai que nous nous sommes fait avoir comme des bleus !

– Des bleus ?

– Des novices, si tu préfères.

– Après ce que nous avons traversé, il était évident que nous ne devions pas baisser la garde et rester vigilants. Le roi me déteste parce que ma famille s'est opposée à lui.

– A vrai dire, sa réaction est compréhensible. Il lui est difficile de nous accorder sa confiance. Laisse-lui le temps de prendre du recul face à la situation.

Je continuai à rassurer et apaiser mon amie, même si au fond je ne croyais pas en un possible retournement de situation. Les espoirs d'Elise déclinaient à mesure que les minutes passaient. Je la poussai à se ressaisir et, comme pour lui montrer l'exemple, fis contre mauvaise fortune bon cœur : puisque nous étions enfermés, autant profiter du moment et nous régaler grâce aux victuailles qui nous étaient offertes. Je m'assis devant le guéridon et me saisis d'un fruit que je croquai goulûment. La maigre ration de pain et la pomme que nous avions mangées à l'hôtel de Condé n'avaient pas suffi à contenter mon estomac affamé. Il faut dire que la nourriture de cette époque ne rivalisait pas avec les plats saturés en sucre et en graisse du vingt-et-unième siècle !

Elise finit par s'asseoir et se résolut à m'imiter.

– Nous sommes enfermés, et mes parents aussi. Comment nous sortir de là ?

– Je t'ai vue plus combative ces derniers jours.

– Parce qu'il existait une solution. Mais là...

– Il existe toujours une solution. Il suffit de la trouver.

– Facile à dire...

J'en convins, car je n'avais pas la moindre idée pour nous sortir de ce pétrin. Cependant, je me gardai bien de partager avec elle mes inquiétudes. Après m'être restauré, j'inspectai en détails les lieux, mais ne trouvai aucune autre issue que celle surveillée par le garde. Notre seule échappatoire consistait à sortir par l'une des deux fenêtres, mais la dizaine de mètres qui nous séparait du sol ne m'inspirait pas. Elise me rejoignit près de la vitre et observa les extérieurs.

– Je t'avais proposé d'escalader la façade pour entrer, tu te souviens ?

– Oui, répondis-je, mais entrer n'a pas été le plus difficile.

– Eh bien, dans ce cas, c'est en escaladant que nous allons sortir.

– Tu veux rire ?

Elle ne prit pas le temps de répondre.

– Tu as de l'équilibre ?

– Je... je ne pense pas, bégayai-je.

– Eh bien, c'est ce que nous allons voir !

15.

Elise dénicha un morceau d'étoffe qui traînait dans un coin de la pièce, et en mesura la longueur avec ses bras. Dehors, le jour commençait à décliner et la pénombre dans laquelle la pièce était désormais plongée ne lui facilitait pas la tâche, ce qui m'invita à reporter cette escapade :

– Attendons demain, quand il fera jour.

– Mais non, profitons justement de la nuit pour agir. Demain, il sera trop tard.

La demoiselle avait de la suite dans les idées et tenait certainement ce caractère coriace de son grand-oncle, dans une moindre mesure évidemment. Je crus qu'elle cherchait à nouer des morceaux de tissu pour nous permettre de descendre la façade en rappel. Elle ouvrit la fenêtre qui, fermée depuis un certain temps, mit du temps à s'entrebâiller. Un léger grincement accompagna son geste, mais nous ne perçûmes aucun bruit suspect autour de nous et elle poursuivit son plan.

– Nous n'aurons pas assez de tissu pour descendre, remarquai-je.

– Ce n'est rien, nous n'irons pas jusqu'en bas.

– Que veux-tu dire ?

– Nous attacherons le tissu autour de notre taille et assurerons notre sécurité en le nouant autour de la poignée de la fenêtre. Une fois que nous aurons basculé dehors, nous pourrons nous délivrer et poursuivre le chemin en totale liberté.

– Tu veux dire que rien ne nous retiendra si nous tombons ? m'inquiétai-je.

– Exactement !

Elle m'expliqua enfin son projet : nous devions emprunter la corniche qui passait sous les fenêtres et rejoindre l'endroit où le bâtiment formait un angle. Ensuite, il fallait que nous glissions le long d'une colonne décorative, jusqu'à la corniche du dessous, et enfin que nous répétions les mêmes gestes jusqu'au rez-de-chaussée.

– Un jeu d'enfant ! conclut-elle.

Comme à chaque fois, à l'entendre tout paraissait extrêmement simple. De mon côté, j'étais terrorisé à l'idée de me balader à dix mètres de hauteur, sans aucune protection. Je dus remettre ma vie au destin qui, jusque-là, m'avait joué suffisamment de tours pour que je ne lui accorde plus une confiance démesurée...

Nous attendîmes que le garde de faction laisse sa place à son collègue pour entrer en action. Elise avait gardé la fenêtre entrouverte pour éviter que le grincement ne se reproduise. Le palais, baigné d'obscurité, semblait plongé dans un silence absolu. Discrètement, mon amie noua le tissu à la poignée, puis autour de ma taille, par *galanterie* sans doute. Espérait-elle que j'essuie les difficultés en premier ? Peut-être était-elle aussi tétanisée que moi, au fond. De toute façon, il était inutile de tergiverser, c'était la seule issue possible.

D'une main tremblante, je m'agrippai à la fenêtre et avançai une jambe qui se retrouva perchée au-dessus du vide. La corniche était située en contrebas si bien que, dans le noir, il fallut que je descende mon pied un centimètre à la fois. J'atteignis ma cible et me stabilisai tant bien que mal, tandis que ma deuxième main rejoignit la première pour m'assurer deux prises si mon pied venait à lâcher. Enfin, je tentai la dernière et la plus délicate étape : faire en sorte que mes deux pieds prennent appui sur la corniche. Je descendis encore plus lentement que la dernière fois et fixai ma deuxième jambe au sol.

A ce moment-là, j'entendis un bruit qui provenait de la chambre. Elise ferma en toute hâte la fenêtre, oubliant que je m'y accrochais désespérément. Je ressentis une vive douleur dans les dernières phalanges qui, hélas, n'avaient pas encore quitté le salon. Je réfrénai un hurlement de terreur qui résonna tout de même dans ma tête et me provoqua des convulsions. Par le mouvement de fermeture, mon corps avait basculé en arrière et formait à présent un arc de cercle depuis la corniche jusqu'à la poignée. J'étais maintenu en équilibre par le morceau d'étoffe, que j'espérais assez épais pour supporter mon poids. J'avais conscience que la situation ne pourrait perdurer et que les secondes étaient désormais comptées.

La fenêtre se rouvrit soudain de manière inespérée.

– Tout va bien ? Le garde est venu nous apporter de l'eau. J'ai couru jusqu'à la porte récupérer le pot avant qu'il ne s'aperçoive de ton absence.

Je fus incapable d'émettre le moindre son, tant la peur me ligotait. Cependant mes doigts perdirent leur couleur bleuâtre et les douleurs s'apaisèrent. Je recouvrai mes esprits et poursuivis mon chemin, après qu'Elise eut enlevé le tissu. A présent, je devais progresser seul et sans filet. J'avançai doucement, les pieds à cent quatre-vingt degrés, tel un danseur qui effectue des pas de côté.

Après avoir ôté son ample robe pour continuer en fine chemise de dentelles et en jupon, Elise m'imita et s'installa elle aussi sur la paroi verticale. Elle ne prit pas le temps de s'arrimer et avança plus rapidement pour me rejoindre. J'évitai de regarder en contrebas et fixai l'angle du bâtiment, mon objectif. Enfin, j'y parvins, mais ne baissai pas la garde pour autant car la situation devenait particulièrement délicate. Je basculai mon bras sur l'autre mur et finis par attraper une prise. Puis je m'accroupis le plus calmement possible pour accéder à la colonne qui m'aida à descendre d'un étage. Je réitérai l'opération et atteignis enfin le plancher des vaches. Mes jambes flageolaient et mes muscles raidis ne percevaient plus la douleur.

Je levai la tête et encourageai silencieusement mon amie à atteindre son but. Plus agile que moi, elle se laissa glisser le long des colonnes et atterrit rapidement sur le pavé.

– Tu te rends compte, Amédée, tu as réussi ! Nous avons réussi ! s'enthousiasma mon amie.

Nous nous réjouîmes de nos prouesses mais il fallait quitter au plus vite cet endroit avant que nous n'en fassions davantage les frais. Dans l'obscurité, il était difficile de nous repérer.

Nous longeâmes par précaution la façade pour éviter que quelqu'un ne nous surprenne depuis l'intérieur, et avançâmes jusqu'à l'enceinte du palais. Il n'y avait aucune prise en vue. La gravir nous parut impossible. La seule solution consistait à repasser par l'entrée qui, évidemment, était gardée à toute heure du jour et de la nuit.

– Nous allons ramper, me prévint Elise. Dans l'obscurité, le garde ne nous apercevra pas et nous passerons à côté de ses jambes.

– Même s'il ne nous aperçoit pas, il nous entendra et nous mourrons. C'est trop risqué !

– Nous n'avons pas fait tout ce chemin pour nous arrêter là. Tu vois une meilleure solution, peut-être ?

Evidemment, je n'en voyais pas, puisqu'une seule issue était possible. Alors, elle ne me laissa pas le temps de répondre et décréta :

– Donc, on va ramper. Mets-toi à plat ventre.

Comment aurais-je pu m'opposer à elle ? Le dilemme paraissait clair : soit je prenais le risque de me faire arrêter, soit on constatait notre disparition et le prix n'en serait que plus cher. Je dus admettre à regret qu'elle avait raison. Après tout, le ridicule ne tuait pas, sinon j'en aurais déjà fait les frais depuis longtemps.

Je m'exécutai donc et me préparai à me lover jusqu'à la sortie. Grâce à la nuit qui nous enveloppait de son manteau, nous parvînmes à nous approcher au plus près de la guérite de la sentinelle. Seuls quelques mètres nous séparaient de la sortie. Quelques mètres avant la liberté. Enfin, surtout quelques mètres pour en revenir au même point que la veille au soir puisque nous n'avions toujours pas récupéré les parents d'Elise...

Je suivis mon amie qui me traçait la route. Je jouai des coudes pour avancer et levai les pieds pour atténuer le bruit de mes bottines sur le sol. Le contact du revêtement caillouteux ne me facilitait pas la tâche et arrachait au passage les fibres de mon costume. Je continuai ma progression et sentis une présence humaine tout près de moi. Quelqu'un semblait se frictionner les cuisses, à coup sûr le guet, dont la position statique avait dû engourdir les jambes.

Je rassemblai mon courage et poursuivis la délicate opération. Le garde, toujours préoccupé par ses jambes, ne semblait pas prêter attention à nous. Je retins mon souffle et sentis mon cœur cogner dans ma poitrine. Elise avait atteint l'autre côté de l'enceinte, et il ne me restait qu'un demi-mètre pour la rejoindre totalement. Dans un ultime effort, je parcourus les derniers centimètres, mais mon corps fut arrêté dans son élan par une masse sombre qu'à tâtons je devinai être une botte en cuir.

Instinctivement, je reculai, mais je sentis une force qui retenait mes jambes.

– Amédée, sauve-toi !

J'eus à peine le temps d'entendre la voix de mon amie qu'une poigne ferme me souleva du sol avec violence. On approcha une torche et je constatai qu'Elise avait également été attrapée au collet. En face de nous, deux soldats au regard menaçant nous dévisageaient. A cet instant, je ne donnai pas cher de nos vies.

Nous patientâmes quelques minutes ainsi, jusqu'à l'approche d'un bruit de pas. Lorsque le propriétaire apparut, nous comprîmes que la situation n'était pas simplement compliquée, elle était désespérée...

– Alors, comme cela, vous voulez déjà me quitter ? Pourtant, vous étiez plutôt bien traités, non ?

Devant nous, le roi nous toisait de tout son mépris. Nous fûmes emmenés directement dans un lieu beaucoup moins avenant que le précédent. Là, nulle trace de fauteuil confortable ou de corbeille de fruits. Nous fûmes violemment projetés au sol et la porte se referma derrière nous. Le rire sardonique du jeune Louis retentit de l'autre côté de la cloison et s'étouffa dans la nuit.

Pour unique compagnie, une sentinelle avait été priée de surveiller nos faits et gestes. Autant dire qu'il nous serait cette fois impossible de nous échapper et que nos heures étaient désormais comptées.

Dans la pénombre, j'échangeai un regard avec Elise qui semblait aussi terrorisée que moi. Nous nous allongeâmes et attendîmes que la sentence tombe comme un couperet sur nos têtes...

16.

22 octobre 1652

Les premiers rayons du soleil nous chatouillèrent le visage, mais très vite l'angoisse succéda à ce doux réveil. Nous n'avions pas rêvé, Elise et moi demeurions dans cette pièce qui ressemblait davantage à une cellule de prison qu'à une chambre de palais. Nous ne nous étions même pas aperçus que le garde avait été relayé par son collègue durant la courte nuit. Le programme qui nous attendait n'annonçait rien qui vaille : au mieux, nous serions emprisonnés à vie, au pire nous mourrions. Cruel dilemme...

Elise se blottit contre moi pour partager ses inquiétudes, tandis que je priais pour retrouver mon époque et mon petit confort matériel. On se contente bien plus de ce que l'on possède quand on comprend ce que l'on risque de perdre. L'homme qui nous surveillait ne laissait transparaître aucune émotion. Il restait figé devant la porte, prêt à en découdre si nous cherchions à nous échapper. Comment l'aurions-nous pu, de toute manière ?

Nous patientâmes un bon moment, jusqu'à ce que le soleil d'octobre atteigne son zénith à travers la fenêtre qui nous faisait face. Enfin, le vieil homme que nous avions semé la veille apparut, l'air courroucé. Il avait abandonné sa perruque et nous offrait cette fois un crâne dégarni. Nous fûmes priés de le suivre sans délai. Penauds, nous obtempérâmes, escortés par deux gardes qui ne nous laissèrent aucune marge de manœuvre.

Après une bonne minute à déambuler dans les couloirs, nous fûmes introduits dans une pièce à la décoration flamboyante et aux couleurs chatoyantes. Un trône de fortune y avait certainement été installé pour l'occasion. Le jeune Louis, suivi de sa mère, Anne d'Autriche, avec laquelle nous avions tant cherché à nous entretenir, fit une entrée majestueuse, dans une tenue bien moins sobre que celle qu'il portait dans sa chambre la veille : les rubans et les froufrous y rivalisaient en nombre et en démesure. Nous restâmes insensibles à cette mise en scène, tant notre esprit était préoccupé par notre sort prochain. Nous obéîmes à l'ordre de nous installer.

– Vous avez voulu défier la couronne, et vous avez perdu, commença le monarque.

– Amédée n'y est pour rien, l'implora tout à coup mon amie. Relâchez-le, il a seulement voulu me rendre service.

– Il l'a fait en toute connaissance de cause. En ce cas, il paraît aussi coupable que vous, Mademoiselle Condé.

Je baissai la tête, rouge de confusion. D'une part, parce que je ressentais la honte d'avoir transgressé l'ordre établi. D'autre part, parce que cet élan de solidarité de la part de mon amie me touchait réellement.

– Vous avez raison, Sire, répondis-je, j'ai agi en mon âme et conscience. Je mérite d'être jugé de la même manière

– Vous le serez, sans nul doute. Je n'ai pas pour habitude de pratiquer le favoritisme.

La remarque aurait pu paraître drôle si notre sort n'avait pas été placé entre ses mains. La bataille entre courtisans semblait pitoyable vue de l'extérieur et il était certain que le roi aimait que l'on rivalise de déférence pour lui.

La régente s'approcha de son fils et lui chuchota à l'oreille un message que je ne distinguai pas. Aussitôt, il se raidit et un sourire diabolique s'empara de son visage. Il reprit son discours :

– Mais avant d'annoncer la sentence, permettez-moi de vous faire une petite surprise.

D'un hochement de tête, il avisa les gardes qu'ils pouvaient procéder. Ces derniers reculèrent et ouvrirent la porte arrière de la salle du trône. De manière inopinée, les parents d'Elise en sortirent, l'air épuisé. Ils étaient vêtus de tenues d'apparat qui ne ressemblaient pas aux guenilles qu'ils portaient lorsque nous les avions quittés. Aussitôt, Elise se précipita et se jeta dans les bras de ses parents qui l'embrassèrent avec effusion. L'amour qui les unissait dépassait de loin les craintes qui les animaient quant à leur funeste destinée.

Après de tendres et courtes retrouvailles, le roi ordonna que chacun reprenne sa place devant lui. Elise et ses parents s'exécutèrent sans sourciller. Après quoi, Louis se râcla la gorge et gonfla sa poitrine pour paraître plus âgé qu'il ne l'était en réalité. Sa mère prit place juste derrière lui, comme une présence réconfortante.

– Bien, inutile de faire les présentations. Vous avez pénétré par effraction dans le palais royal et vous méritez d'être sévèrement réprimandés pour votre action de haute trahison.

– C'est que, Sire, nous avons été invités honnêtement à entrer, hasardai-je.

Elise me donna un violent coup de coude et je compris que l'heure n'était pas aux justifications. Je choisis donc de me taire pour ne pas aggraver notre cas.

– De votre côté, continua le jeune monarque en désignant les parents d'Elise, vous avez participé à la Fronde, aiguillés par votre parent le Grand Condé. Vous avez fomenté une guerre civile en aiguisant les rancœurs du peuple contre ce bon Mazarin.

Les parents d'Elise ne répondirent pas aux accusations proférées contre eux et baissèrent le regard en signe de soumission.

– Vos actions sont condamnables et sachez, pour votre gouverne, que le cardinal reviendra à Paris. Il attend que les tensions s'apaisent pour effectuer un retour triomphal dans la capitale. Ce n'est qu'une question de jours, soyez-en certains !

À ces derniers mots, la main de mon amie se crispa contre mon bras. Une telle nouvelle venait sonner le glas de plusieurs années de lutte contre le pouvoir et ses inégalités.

– Quoi qu'il en soit, j'ai prié mes conseillers de me venir en aide et voici ce qu'avec la reine nous avons convenu ce matin même.

Je tressaillis à l'idée de me retrouver pendu à un gibet ou enfermé *ad vitam* dans une geôle sinistre. La main d'Elise m'agrippait de plus en plus, et ses parents serraient les dents pour ne pas s'écrouler devant nous. Louis ménageait le suspense avant de faire tomber le couperet final.

– Attendu que vous n'avez été que les jouets de Condé, ses sous-fifres, ses simples subalternes, nous avons considéré que vous n'avez pas agi en pleine conscience...

Nous échangeâmes un regard interrogateur, avant que le roi ne reprenne :

– Ainsi, j'ai décidé dans ma grande bienveillance de vous rendre votre liberté, à condition que je n'entende plus jamais parler de vous, si ce n'est en ardents défenseurs de l'Etat. Mais si vous deviez un jour vous retrouver devant moi pour des raisons similaires, vous seriez sur-le-champ pendus en place publique !

Quel retournement ! Le roi avait choisi de ne pas nous condamner, lui, Louis XIV, le futur despote, celui dont tous les livres d'Histoire réprouveraient l'absolutisme. Je n'en crus pas mes oreilles et restai hébété un instant.

Elise et ses parents digérèrent l'information, et c'est avec un énorme soulagement que nous respirâmes tous. Nous nous mîmes à genoux devant le monarque pour louer son extrême bonté, avant qu'il ne nous invite à nous relever.

– Tous les frondeurs seront amnistiés en ce jour du 22 octobre, j'en donne ma parole.

D'après ce qu'Elise m'avait annoncé un peu plus tôt dans la journée, il s'agissait de la deuxième décision de la sorte, mais je me gardai bien d'intervenir en plein discours. Pouvait-on réellement croire en cette parole ? L'avenir, ou le passé dans mon cas précis, nous le dirait.

– Toutefois, j'ajouterai un amendement à cette décision, poursuivit-il. Condé et quelques autres opposants au régime seront considérés comme des traîtres et des conspirateurs. Nous n'oublierons pas de les punir lorsque nous les trouverons. Gaston d'Orléans a pris la fuite ce matin, Condé est parti aux Pays-Bas : au moins, ils saliront notre image loin de la capitale. Je garderai envers eux une haine qui ne s'éteindra jamais.

Il avait dit vrai, ce que j'appris bien plus tard.

Enfin, il nous libéra et nous fit raccompagner jusqu'aux portes du palais par la régente. Celle-ci, visiblement hostile, nous toisa et ne nous adressa pas la moindre parole. Elle ordonna au garde de faction de nous faire sortir et celui-ci s'exécuta promptement.

Une fois dehors, Elise et ses parents se prirent dans les bras. Leur joie et leur soulagement étaient communicatifs, et ils m'intégrèrent bientôt aux embrassades. Cependant, une certaine amertume me gagnait et je ne parvenais pas à me réjouir pleinement de la situation. Lorsque nous retournâmes vers l'hôtel de Condé, mon amie sentit ma déconvenue et ne tarda pas à s'entretenir avec moi tandis que ses parents s'éloignaient pour nous laisser un peu d'intimité :

– Nous sommes liés, toi et moi.

– Vraiment ? m'étonnai-je.

– Bien sûr ! Nous avons, pendant trois jours, bataillé ensemble. Nous avons pris des risques insensés, joué des tours à d'éminents personnages, arpenté les prisons de la capitale et déjoué l'attention du roi. Tu te rends compte ?

– C'était pour libérer tes parents.

– Oui, pourtant j'ai l'impression que tu es triste au fond de toi.

Elle sentit qu'elle avait visé juste, et poursuivit :

– Tu te dis que les événements se sont arrangés grâce à l'amnistie du roi, et non grâce à tes efforts. Est-ce que je me trompe ?

– Non, avouai-je, empreint d'une profonde déception.

– Est-ce là l'essentiel ? Réfléchis. Tu n'étais pas obligé de me suivre dans mes folies, et pourtant tu l'as fait. A chaque fois, je prenais plus de risques, et tu n'as pas hésité à en prendre avec moi.

– Jamais je ne t'aurais abandonnée, même si ça m'en coûtait.

– Le jeune garçon timide et renfermé que j'ai rencontré il y a trois jours s'est transformé en ami fidèle et déterminé. Peu importe que nous ayons réussi ou échoué, seuls ta volonté et ton mérite doivent rester gravés dans nos mémoires. Tu sais maintenant qui est le véritable Amédée, et cela n'a pas de prix.

– Alors, tu veux dire que nous n'avons pas échoué ? Que je n'ai pas échoué ?

– Non seulement tu n'as pas échoué, mais tu as taillé le plus pur des diamants, et ce diamant, c'est toi !

A ces mots, mon visage s'empourpra. Jamais personne n'avait réussi à me révéler de la sorte. Il avait fallu que je sois aspiré dans une faille temporelle, que je me retrouve coincé au milieu du dix-septième siècle pour que ma véritable nature ressorte. Je n'étais plus ce garçon sans intérêt, j'avais quitté ce rôle dans lequel je m'étais toujours cantonné. Elise avait fait jaillir en moi des talents insoupçonnés, et un courage à toute épreuve.

Je sentais que ma mission touchait à sa fin, mais j'ignorais comment il me serait possible de retrouver mon époque. Le Panthéon n'existait pas encore, et Foucault n'avait pas inventé son pendule. Faudrait-il que j'arpente toute la capitale pour retrouver la faille temporelle ? J'avais beau y réfléchir, aucun lieu ne s'imposait dans mon esprit.

Je sentais qu'Elise aurait aimé poser davantage de questions avant mon départ, mais elle n'osait sans doute pas. Alors, je m'armai de courage et tentai de lui révéler l'incroyable :

– Je ne suis pas celui que tu crois...

– Oh, je sais que tu renfermes des secrets bien plus grands que ce que tu laisses paraître. Mais, qui que tu sois, Amédée, sache que jamais je ne t'oublierai.

– Moi non plus je ne t'oublierai pas. Tu sais, je viens d'ailleurs... d'une autre époque...

Elle m'interrompit en posant son index sur ma bouche. Une larme perla sur sa joue, comme si elle devinait que nos chemins allaient se séparer pour toujours. Jamais je ne l'avais trouvée si fragile et si belle. Jamais son regard n'avait paru aussi franc et plein de gratitude. Je la pris dans mes bras et nous nous serrâmes le plus possible pour garder à jamais dans nos cœurs l'empreinte de l'autre.

Aussitôt, un trouble incroyable me saisit. Ma tête se mit à tourner et je perdis l'usage de la vue. Mes jambes s'engourdirent et, bientôt, se paralysèrent. Dans un flou total, j'aperçus une dernière fois le visage d'Elise, avant de disparaître dans un abîme sans fond où le temps n'a plus de prise...

ON

2019, jour inconnu

Je me réveillai, étourdi, dans la position exacte que j'avais quittée trois jours plus tôt, après que Victor m'eut poussé sous le dôme du Panthéon. Devant moi se dressait, en gros plan, le pendule de Foucault. Il oscillait lentement de gauche à droite, et je le suivis du regard, comme hypnotisé. Je n'eus pas le temps de rassembler mes esprits que quelqu'un derrière m'interpella :

– Alors, Amédée, on veut faire son intéressant ?

C'était Victor qui m'offrait son regard condescendant et railleur. Derrière lui, les élèves de ma classe s'agglutinaient pour observer le triste spectacle de ma chute. Certains se gaussaient, d'autres haussaient les épaules d'un air dédaigneux.

J'étais étonné que le groupe n'ait pas quitté les lieux depuis trois jours et imaginai qu'ils s'étaient inquiétés pour moi. Mais la réalité rejoignait rarement la fiction...

– Quel jour sommes-nous ? demandai-je.

– Quel idiot, celui-là ! clama l'un d'entre eux, dont je ne sus identifier la voix.

– Monsieur aime se faire remarquer, pouffa Victor. Tu nous as offert un beau spectacle !

Je savais pertinemment que je lui devais ma chute puisqu'il m'avait poussé. Intriguée par le brouhaha ambiant, madame Delatour, le professeur de français, accourut à mon secours et m'aida à me relever, sous les applaudissements d'une classe peu encline à oublier ce maudit épisode. Je te laisse imaginer, cher lecteur, le sentiment de honte qui m'habita alors.

Je remerciai mon enseignante d'un regard appuyé. Elle sentit mon trouble et plissa les yeux pour tenter de deviner ce qui m'inquiétait autant.

– Quel jour sommes-nous ? répétai-je.

– Nous sommes le 19 octobre, Amédée. Est-ce que tout va bien ?

– Le 19 octobre. Comment est-ce possible ?

– Que veux-tu dire ?

Je ne pris pas le temps de lui répondre et attrapai mon sac à dos qui avait roulé un peu plus loin. Mon enseignante écarta le groupe et me fit asseoir. Puis, elle envoya un élève chercher un verre d'eau pour que je retrouve mes esprits. J'avais quitté les lieux trois jours plus tôt et tu conviendras, cher lecteur, que les dates ne collaient pas.

J'en fus tout étourdi.

– Le choc a dû être violent, reprit madame Delatour. Te souviens-tu de ce qui s'est passé ?

– J'ai... j'ai heurté le pendule, il me semble. Et ensuite...

Elle ne me laissa pas le temps de poursuivre, rassurée d'apprendre que je n'avais pas perdu totalement la mémoire. Mais mon trouble ne se calma pas pour autant.

– Quand suis-je tombé ? questionnai-je.

– Je ne sais pas avec exactitude, mais le temps que je comprenne ce qui t'arrive, je dirais une minute, deux tout au plus...

Ainsi, j'étais revenu dans mon époque à l'heure précise où je l'avais quittée, ou peu s'en faut. Personne ne s'était aperçu de ma disparition, mon corps était resté allongé et inconscient quelques secondes, près du pendule. Je n'avais matériellement pas disparu, sans quoi mes camarades et les touristes auraient été effrayés. Je repensai à ce que j'avais traversé et m'interrogeai : le dix-septième siècle n'avait-il été qu'un songe ? Et Elise, ses parents, le roi, Anne d'Autriche, la Conciergerie, le Louvre... ? Je me souvenais de tous les événements que j'avais vécus, depuis le collage des mazarinades jusqu'à notre libération par le souverain. Je ressentais encore les bras d'Elise serrés contre moi, juste avant mon départ pour un autre siècle. Je tremblais encore devant l'image du roi, alors que nous rampions pour nous échapper. Toi aussi, lecteur, tu as vécu ces aventures à travers moi. Tu me crois, n'est-ce pas ?

Je repris peu à peu consistance, me persuadant qu'il ne s'agissait que d'un rêve étrange et très réaliste. Cependant, je ne parvenais pas à l'effacer de ma mémoire. Le petit groupe qui s'était formé autour de ma chute s'était à présent éparpillé dans la grande salle du Panthéon. Le guide, manifestement agacé par le spectacle que je venais d'offrir au public dans ce lieu classé, invita sèchement les élèves à se rassembler pour poursuivre la visite.

Mon professeur m'exhorta à rejoindre le groupe. J'obéis sans rechigner, mais ne prêtai plus du tout attention aux informations qui nous étaient prodiguées.

La découverte des lieux dura une bonne demi-heure encore. J'étais de mon côté absorbé par mes pensées et mon enseignante, qui me trouvait bien pâle, resta à mes côtés pour éviter une nouvelle chute de ma part.

Enfin, nous nous apprêtâmes à quitter les lieux, quand nous fûmes bousculés par un autre groupe qui entrait pour visiter le bâtiment. L'engorgement était tel que le guide nous demanda de nous écarter pour laisser passer les nouveaux venus. Perdu dans mes pensées et agacé par le vacarme qui grondait autour de moi, je ne respectai pas la consigne et me trouvai bousculé par une élève qui ne semblait pas m'avoir repéré non plus. Ma tête se mit à tourner davantage, mes tempes cognèrent sous ma peau.

Je me retournai pour découvrir qui m'avait croisé, et aperçus une épaisse chevelure rousse bouclée qui me rappela quelqu'un...

Le temps que je reprenne mes esprits, elle avait disparu au milieu de dizaines d'élèves et je ne parvins plus à l'apercevoir, d'autant plus que notre professeur nous pressait de rejoindre l'autobus. Cette silhouette, de dos certes, me rappelait celle d'Elise. Ce n'était évidemment pas la seule rouquine de la Terre et le coup porté à ma tête avait dû me faire confondre la réalité et les songes.

Nous montâmes dans le car et nous installâmes aux mêmes places qu'à l'aller. La visite avait pris un peu de retard et il ne fallait pas tarder si nous voulions rentrer à l'heure. Je pris mes écouteurs et m'enfermai dans mon univers.

Alors que le bus démarrait, mon regard balaya une dernière fois le Panthéon, un lieu chargé de mystères qui m'avait fait plonger au plus profond de moi-même. Les visages des touristes qui prenaient des photos du bâtiment s'éloignèrent à mesure que nous avancions. Mais, juste avant qu'ils ne ressemblent à des fourmis, je fus attiré par des yeux qui semblaient me fixer, au loin. Un visage encadré de mèches rousses et une bouche qui me souriait d'un air mutin...

Soudain, on me tapa sur l'épaule. J'enlevai mes écouteurs et mon regard tomba sur une camarade qui engagea la conversation :

– Tu n'as pas trop mal ?

Elle semblait peinée de la situation dans laquelle je m'étais fourré.

– Je me suis inquiétée pour toi, tu sais.

C'était la première fois qu'à mon époque, quelqu'un se souciait de moi et j'en fus touché.

– Non, merci, répondis-je. Mais je suis troublé par ce que je viens de vivre. C'était un rêve tellement réel...

– Les rêves sont parfois aux portes de la réalité, me souffla-t-elle avant de rejoindre sa place.

Je répétai cette phrase plusieurs fois dans ma tête, sans vraiment la comprendre. Je ressentais à la fois une immense fierté de ce que j'avais accompli, et une énorme tristesse de n'avoir sublimé ma vie qu'en songe. Cependant, les rêves m'avaient permis de prendre confiance en moi et de m'affirmer en tant qu'individu. Même si jamais je ne serais capable de reproduire une telle prouesse, je savais qu'au fond de moi j'en avais l'étoffe.

Le trajet du retour fut bercé par les doux ronflements de la classe qui avait dépensé toute son énergie dans la capitale. Même Victor avait été vaincu par la fatigue et dormait paisiblement. Cette journée resterait un moment magique pour tous, et pour moi en particulier. J'étais à peu près le seul à ne pas avoir plongé dans les bras de Morphée, car une question restait en suspens depuis mon retour : pourquoi Elise m'avait-elle orienté vers la Conciergerie alors que ses parents, de noble naissance, auraient pu être enfermés à la Bastille ? Cette question resterait sans doute à jamais sans réponse… Alors que nous nous apprêtions à sortir de l'autocar, nous enfilâmes nos manteaux et vérifiâmes que rien n'avait été oublié dans l'habitacle. J'attendis mon tour et descendis les trois marches qui me ramenaient à la réalité, lorsqu'on cria mon nom.

– Amédée, attends !

Je me retournai et aperçus la camarade qui avait pris de mes nouvelles au début du trajet. Je laissai passer les autres élèves et envoyai un signe à mon père qui s'impatientait dans la voiture, vu le retard que nous avions accumulé sur l'autoroute. La demoiselle se dépêcha de me rejoindre et tendit son poing fermé vers ma main pour y déposer quelque chose.

– Tu as oublié ceci, je crois.

– Merci.

Je n'avais rien emporté de particulier et me demandai ce qu'elle avait trouvé. J'ouvris ma main et découvris au creux de ma paume une chaînette au bout de laquelle un petit médaillon doré était accroché. Sur celui-ci était gravé un portrait auréolé...

EPILOGUE

27 avril 2080

Et voilà, cher lecteur, quel fut mon incroyable périple à travers le temps. Un voyage qui a duré quelques jours, ou juste une seconde si j'en crois mon retour en 2019. J'espère que tu ne douteras pas de la sincérité de mon écrit car je t'assure que tous ces détails ne sont pas le fruit de mon imagination vieillissante. Pendant un temps, j'ai moi-même pensé que j'avais mêlé réalité et fiction, et que ma chute avait endommagé mes neurones... Quelle personne sensée aurait pu y croire ?

Pourtant, je ne fus pas au bout de mes surprises. Si tu savais ce que j'ai vécu d'extraordinaire pendant mon adolescence, tes yeux ne cesseraient de s'écarquiller... Laissons cela pour le moment, il va d'abord te falloir un moment pour intégrer ce que ton cerveau peine peut-être à accepter. Mais je te promets qu'un jour je reprendrai la plume pour te conter d'autres aventures que les mystères de la vie m'ont réservées.

Surtout, promets-moi en attendant de prendre soin de toi, et n'oublie jamais qu'une simple étincelle peut te projeter en plein rêve...

Amicalement et sincèrement,

Amédée

Sur les pas d'Amédée
pour aller plus loin...

LA TERRE TOURNE SUR ELLE-MÊME !

Le pendule de Foucault est un objet qui existe réellement et qui a été créé par le physicien Léon Foucault en 1851. Il a pour but de démontrer que la Terre tourne sur elle-même.

Composition

Le premier pendule est installé sous le dôme du Panthéon. Une boule de 28 kilos, remplie de plomb, est installée au bout d'un fil de fer de 67 mètres de hauteur.

Mise en route

Il ne reste plus qu'à lancer le pendule qui se met à osciller pendant 6 heures, sans intervention humaine. A chaque passage, il dévie légèrement (environ un degré toutes les 5 minutes) et finit par ne plus passer au même endroit.

Qu'est-ce que cela prouve ?

Tout simplement que la Terre tourne puisque, sans toucher à l'installation, la direction change. Ce n'est donc pas le pendule qui a changé lui-même de direction, mais la terre qui a tourné. On appelle cela la force de Coriolis : dans l'hémisphère nord, tout mouvement est dévié sur la droite ; dans l'hémisphère sud, ce sera l'inverse. C'est la raison pour laquelle l'eau qui s'écoule de ton lavabo tourne toujours dans le même sens !

Aujourd'hui

Le principe est resté le même, mais pour éviter de devoir relancer le pendule toutes les 6 heures, un système magnétique a été installé. De ce fait, il tourne sans jamais s'arrêter.

Copies

Le Panthéon n'est pas le seul lieu à accueillir un pendule. On en trouve des dizaines aux quatre coins de la planète, notamment aux Etats-Unis, au Japon, au Canada ou, plus près, en Belgique. La France en compte à elle seule une quinzaine !

L'expérience du pendule de Léon Foucault au Panthéon de Paris, en 1851 " La Nature ", 1887, 2e semestre. Paris, Conservatoire © - Photo Centre national des arts et métiers – bibliothèque

Léon Foucault
Domaine public (source : http://www-obs.cnrs-mrs.fr/tricent/astronomes/foucault.htm)

***

La FRONDE, OU LA REBELLION DU PEUPLE

La Fronde est un épisode beaucoup moins connu que la Révolution de 1789. Et pourtant, il s'agit également d'une révolution, menée par le peuple, contre le pouvoir en place.

Dates

De 1648 à janvier 1653.

La cible

A la mort du roi Louis XIII, son successeur, le futur Louis XIV, est encore trop jeune pour gouverner. C'est donc sa mère, Anne d'Autriche, aidée du cardinal italien Mazarin, le principal ministre de son mari, qui vont assurer la Régence, c'est-à-dire la période avant que le futur roi puisse gouverner seul.

Le cardinal Mazarin *Anne d'Autriche*

Les deux frondes

En réalité, il s'agit d'un conflit en deux temps. Le premier (1648-1649) est mené par les **parlementaires**, après l'arrestation de l'un d'entre plusieurs d'entre eux. Ils reprochent à Anne d'Autriche et Mazarin d'avoir augmenté les impôts pour financer les guerres et d'avoir diminué leurs privilèges. Le peuple soutient le Parlement et organise des barricades.

Dès 1650, les **princes** rejoignent la bataille. Ils estiment n'avoir pas été récompensés à la hauteur de leur investissement pour la France.

L'arrestation du Prince de Condé, général de France, parce que Mazarin le craignait, va mettre le feu aux poudres.

Les mazarinades

Ce sont des pamphlets (textes courts et violents) politiques ou des chansons satiriques écrits contre Mazarin. On en trouve des milliers, imprimés et diffusés pour déstabiliser le pouvoir. La plupart d'entre elles sont anonymes, mais on attribue la plus célèbre au poète Paul Scarron. En voici un extrait :

« Va, va-t'en dans Rome étaler
Les biens qu'on t'a laissé voler.
Va, va-t'en, gredin de Calabre,
[...]
Car s'il faut que quelqu'un te fuie,
Que l'on te demande « Qui vive ? »,
Que tu répondes « Mazarin »,
C'est fait de toi, cher Tabarin. »

Mazarin et la famille royale doivent fuir la capitale car le peuple gronde.

Louis devient Louis XIV

Le 7 septembre 1651, le jeune Louis, qui n'a que 13 ans, est déclaré majeur et peut donc gouverner seul, du moins en apparence. La cérémonie est organisée pour calmer les frondeurs. Tous les grands se soumettent à lui, sauf Condé qui forme une armée pour entrer dans Paris.

Louis XIV
Peinture attribuée à Jean Nocret, 1653 - Provenance: © RMN-Grand Palais (Château de Versailles) / Gérard Blot

Verdict

Dès lors, le conflit va s'étouffer et la famille royale pourra rentrer à Paris le 21 octobre 1652. Il faudra attendre janvier de l'année suivante pour que Mazarin puisse revenir, lui aussi. La Fronde aura été un échec pour le peuple.

***

LA CONCIERGERIE,
UN LIEU CHARGÉ D'HISTOIRE

Viollet-le-duc, *Dictionnaire de l'architecture française* (1856)

La Conciergerie, située sur l'île de la Cité, représente un épisode important dans l'histoire d'Amédée. Ce lieu emblématique de Paris a connu plusieurs utilisations au cours des siècles.

Au Moyen Âge

A l'origine, le lieu est construit pour servir de palais royal. Il subira de nombreuses modifications au fil des siècles. Saint Louis, par exemple, y fera ériger la Sainte Chapelle. En 1370, le bâtiment cesse de faire office de résidence royale, amis garde une activité judiciaire. Le bâtiment va devenir une prison d'état.

Après la Révolution française

De 1793 à 1795, le lieu abrite le tribunal révolutionnaire. Il est célèbre pour avoir accueilli Marie-Antoinette dans sa prison, avant qu'elle soit exécutée en place publique.

Aujourd'hui

L'île de la Cité abrite le Palais de justice de Paris. La Conciergerie fait partie des Monuments nationaux accessibles au public.

A propos de l'auteure...

Agrégée de Lettres Modernes, Virginie Singeot-Fabre enseigne dans un collège à Marcq-en-Barœul, dans le Nord de la France, car elle aime depuis toujours la lecture, particulièrement le théâtre, le contact avec les jeunes et l'écriture.

Son univers littéraire mêle le quotidien de préadolescents à la recherche d'indices qui les entraînent vers une quête à la fois trépidante et culturelle.

Mariée et mère de deux enfants, elle puise son inspiration dans sa famille ainsi que dans son imaginaire fécond.

Bibliographie

Les Chroniques extraordinaires d'Amédée Pan – Un vent de Fronde – Faute de frappe, 2020

SGAN' – T3 : Accusé de réception – LBS/Aconitum, 2019 (épuisé, réédition prévue à La Licorne en 2021)

SGAN' – T2 : Empreinte indélébile – LBS/Aconitum, 2018 (épuisé, réédition prévue à La Licorne en 2021)

SGAN' – T1 : Les Secrets de l'anneau – LBS/Aconitum, 2017 (épuisé, réédition prévue à La Licorne en 2021)

Déjà paru aux éditions Faute de frappe

Série B, de Stan Kurtz
Triviale poursuite, de Stan Kurtz
L'autoroute, de Michaël Moslonka
Ronit, Carnets de neige, de Christophe Jean
Noir, de Marc Falvo
Détour, de Stan Kurtz
La mélodie du malheur, de Michaël Moslonka
Le Monstre du terril, de Hervé Hernu

A paraître

Un banquet de squales, de Stan Kurtz
Les Chroniques extraordinaires d'Amédée Pan – Sur un air d'opéra, de Virginie Singeot-Fabre
Qui a tué Jane Mas ? de Magali Vanhoutte
Le cinéma hanté, de Frédéric Livyns